Friedrich H.K. de la Motte-Frouqué

Die beiden Hauptleute

Friedrich H.K. de la Motte-Frouqué

Die beiden Hauptleute

ISBN/EAN: 9783744680059

Hergestellt in Europa, USA, Kanada, Australien, Japan

Cover: Foto ©Andreas Hilbeck / pixelio.de

Weitere Bücher finden Sie auf **www.hansebooks.com**

Erstes Kapitel.

Ein milder Abend stieg aus den Seefluthen an dem Gestade von Malaga herauf, die Guitarren vieler heitern Sänger in den Hafenschiffen sowohl, als in den städtischen Häusern und zierlichen Gartenwohnungen erweckend. Wetteifernd mit den Stimmen der Vögel begrüßte jenes melodische Geschwirre die erquickende Kühle, und schwebte, zugleich mit dem frischen Nebelgedüft aus Wasser und Wiesen, über der paradiesischen Gegend. Einige Haufen Fußvolk, die am Strande lagen, und dort, um mit dem frühesten Morgen zum Einschiffen fertig zu sein, die Nacht verbringen wollten, vergaßen vor den Reizen der anmuthigen Abendzeit, daß sie diese letzten Stunden auf europäischem Boden noch recht behaglich dem sichern Schlafe hinzugeben gemeint hatten; sie fingen an, Soldatenlieder zu singen, einander die mit feurigem Xereswine gefüllten Feldflaschen zuzutrinken, und den großmächtigen Kaiser Karl den Fünften leben zu lassen, welcher jetzt eben belagernd vor dem Seeräubernest Tunis lag, und dem sie zur Unterstützung nachzuschiffen bestimmt waren. — Das vergnügte Kriegsvolk war nicht allzumal eines Stammes. Nur zwei Fähnlein desselben bestanden aus Spaniern; das dritte bildeten lauter deutsche Landsknechte, und es hatte wohl hin und her unter den verschiedenen Kampfgenossen wegen Verschiedenheit der Sitten und Sprache Neckereien gesetzt. Nun aber zog die Gemeinschaft der nahen Seereise und rühmlichen Gefahr, zusammt der gleichen Erquickung, welche der linde, südliche Abend durch alle Seelen und Leiber ergoß, das Band der Kameradschaft in völliger, ungestörter Eintracht zusammen. Die deutschen versuchten Castilisch zu reden, die Hispanier Deutsch, ohne daß es Jemandem eingefallen wäre, von den vorkommenden Sprachfehlern und Verwirrungen Aufhebens zu machen. Man half sich gegenseitig ein, nichts anderes beachtend als den guten Willen des Gefährten, dem Gefährten in dessen eigner Sprache näher zu kommen.

Etwas entfernt von dem lustigen Getümmel hatte sich ein junger deutscher Hauptmann, Herr Heimbert von Waldhausen genannt, unter einem Korkbaume niedergelassen, mit angestrengten Blicken nach den Sternbildern hinauf sehend, und auf diese Weise dem frischen, lustigen Gesellschaftssinne, den seine Kameraden sonst an ihm kannten und liebten, wie ganz entfremdet geworden. Da machte sich der spanische Hauptmann Don Fabrique Mendez zu ihm, Jüngling wie er, aller Waffenübungen gewandter Freund wie er, aber gewöhnlich eben so strengen und nachdenklichen Sitten, als Heimbert freudigen und milden ergeben. — „Verzeiht, Señor," hub der feierliche Spanier an, „wenn ich Euch in Euern Betrachtungen störe. Da ich Euch aber als einen gar muthigen Kämpfer und höchst getreuen Waffenbruder in manchen heißen Stunden zu erkennen öfters die Ehre gehabt habe, möchte ich wohl vor allen andern Euch gern um einen Ritterdienst ersuchen, wenn es mit Euern eignen Entwürfen und Vorsätzen für diese Nacht bestehen kann." — „Lieber Herr," entgegnete der freundliche Heimbert, „ich habe wohl allerdings vor Sonnenaufgang noch Wichtiges zu schaffen, aber bis Mitternacht bin ich vollkommen frei, und Euch zu jeder waffenbrüderlichen Hülfe bereit." — „Das genügt," sagte Fadrique, „denn um Mitternacht müssen die Töne schon längst verklungen sein, mit denen ich von dem Theuersten, was ich vordem in dieser meiner Vaterstadt kannte, Abschied zu nehmen gedenke. Damit ihr aber von der ganzen Angelegenheit so unterrichtet sein möget, wie es einem edlen Genossen zukommt, so höret mich auf einige Augenblicke achtsam an."

„Geraume Zeit bevor ich Malaga verließ, um in unseres großen Kaisers Heeren die Glorie seiner Waffen durch Italien ausbreiten zu helfen, diente ich nach der Weise junger Ritter einem schönen Fräulein dieser Stadt, welches Lucila hieß. Sie stand damals noch kaum an der Grenze, wo sich die Kindheit von der erwachsenen Jungfräulichkeit absondert, und so wie ich — ein nur eben waffenfähig gewordener Knabe, — meine Huldigungen im freundlich kindischen Sinne darbrachte, wurden sie von meiner jungen Herrin gleichfalls auf freundlich kindische Weise empfangen. Ich zog endlich darüber nach Italien, und wie Ihr wohl, da wir seitdem Genossen wurden, selbst wißt, durch manch ein heißes Gefecht, und durch manch eine zauberisch lockende Gegend jenes erquicklichen Landes. Unter allen den Verwandlungen hielt ich meiner zarten Gebieterin Bildniß unwandelbar in mir fest, und setzte meine ehrerbietigen Dienstleistungen gegen dasselbe zu keiner Stunde aus, ob ich es zwar gegen Euch nicht verschweigen kann, daß ich mehr damit dem Worte, welches ich bei meiner Abreise verpfändet hatte, Genüge that, als irgend einem treibenden und sogar unmäßig glühenden Gefühle meines Herzens. Als wir nun endlich aus so mannigfachen fremden Landen vor einigen Wochen wieder in meine Vaterstadt einrückten, fand ich meine Herrin an einen vornehmen und reichen Ritter dieses Ortes verheirathet. Heißer, als bisher die Liebe, spornte mich nun die Eifersucht — dieses beinahe allmächtige Kind des Himmels und der Höllen — an, Lucilen auf allen Schritten und Tritten nachzugehen: von ihrer Wohnung nach der Kirche, von dort bis vor die Thür irgend einer Freundin, von dort wieder bis an ihre Heimath oder in einen edeln Cirkel von Damen und Rittern, und so unermüdet überall hin, so weit es sich irgend nur thun ließ. Als ich mir aber endlich die Ueberzeugung verschaffte, es diene ihr kein andrer junger

Ritter, und sie gehöre mit ganzem Gemüthe einzig nur dem ihr von den Aeltern erkorenen, nicht aber selbst ersehnten, Ehemanne an, gab ich mich vollkommen zufrieden, und würde auch Euch in diesem Augenblicke nicht beschwerlich fallen, nur daß Lucila mir vorgestern nahe trat, mir in's Ohr flüsternd, ich solle ihren Herrn nicht reizen, denn er sei sehr zornig und kühn; ihr zwar drohe keine Gefahr, auch nicht die mindeste, dabei, weil er sie über Alles liebe und ehre, auf mich aber werde sich sein Grimm desto furchtbarlicher entladen. Da seht Ihr denn leichtlich ein, viel edler Waffenbruder, daß ich nicht umhin konnte, meine Verachtung aller eignen Gefahr dadurch zu bewähren, daß ich Lucilen nun gar nicht mehr von den Fersen wich, und ihr allnächtlich Serenaden vor den blumigen Fenstern sang, bis der Morgenstern die Meeresfluth zu seinem Spiegel zu machen begann. Heute Nacht reiset Lucilens Gemahl um die zwölfte Stunde nach Madrid, und von da an will ich die Straße, drinnen er wohnt, auf alle Weise meiden, bis dahin aber, sobald es dunkel genug geworden ist, um mit Anstand eine Serenade zu beginnen, unaufhörlich vor seinem Hause Liebesromanzen erschallen lassen. Freilich habe ich Spuren, daß nicht nur er, sondern Lucilens Brüder gegen mich ihre Degen gewetzt halten, und eben deshalb, Señor, habe ich Euch ersucht, mir auf dieser kurzen Wanderung mit Eurer tapfern Klinge Gesellschaft zu leisten."

Heimbert faßte mit freudiger Zusicherung des Spa=

niers Hand, und sagte dabei: „Euch zu beweisen, lieber Herr, wie gern ich thue, was Ihr von mir begehrt, will ich, Euch Vertrauen mit Vertrauen erwiedernd, eine anmuthige Geschichte erzählen, die mir in dieser Stadt begegnet ist, und Euch nach Mitternacht auch um einen kleinen Gegendienst bitten. Meine Geschichte ist kurz, und wird uns nicht länger aufhalten, als wir ohnehin warten müßten, bis die Dämmerung tiefer und schattiger hereingesunken ist."

„Am Tage, nachdem wir hier eingerückt waren, hatte ich meine Lust daran, mich in den schönen Gärten zu ergehen, die es hier giebt. Ich bin nun schon lange in den südlichen Landen, aber beinahe muß ich glauben, die Träume, welche mich allnächtlich nach Deutschland heimführen, sind daran Schuld, daß mir das ganze Wesen hier so fremd und erstaunenswürdig bleibt. Wenigstens alle Morgen, wenn ich erwache, verwundere ich mich auf's Neue, als wäre ich eben erst angekommen. So ging ich auch damals wie bethört an den Aloestauden, unter den Lorbeer- und Oleanderbäumen umher. Plötzlich schreit es neben mir auf, und eine weiß gekleidete schlanke Dame fliegt ohnmächtig in meinen Arm, während da und dort ihre Gespielinnen neben uns vorbei auseinander laufen. Wie denn nun doch immer ein Soldat ziemlich schnell seine Sinne zusammen zu fassen weiß, werde ich auch bald gewahr, daß ein wüthender Stier hinter der Schönen drein ist. Schnell schwinge ich sie über einen blühenden Heckenzaun hinüber, und mich ihr nach, worauf das Unthier zornblind an uns vorbeisetzt, von dem ich nachher weiter nichts erfahren habe, als daß einige junge Ritter auf einem benachbarten Hofe damit eine Vorübung zum Stiergefecht hatten beginnen wollen, weshalb es denn so wüthig durch die Gärten gebrochen war."

„Ich stand nun ganz allein, die ohnmächtige Dame in meinem Arm, die so wunderlieblich anzuschauen war, daß ich mich in meinem Leben nicht wohler gefühlt habe, aber auch nicht weher. Ich legte sie endlich auf den Rasen nieder, und besprengte ihr die Engelsstirn mit Wasser aus einem nahen Springbrünnelein. Wohl kam es mir in den Sinn, daß man Ohnmächtigen die Kleider lüften solle, aber Du Gott! wie hätte ich das wagen mögen bei diesem himmelreinen Bild. Sie kam auch so wieder zu sich, und als die Klarheit ihrer seligen Augen aufging, meinte ich ahnen zu können, wie den verklärten Geistern zu Muthe sei."

„Sie dankte mit eben so anmuthigen als sittigen Worten, und hieß mich ihren Ritter, aber ich konnte in der seligen Verzauberung keinen Ton über die Lippen bringen, und sie muß mich wohl beinahe für stumm gehalten haben. Endlich lösete sich mir dennoch die Rede, und da strömte auch gleich die Bitte vom Herzen mit fort, das holde Frauenbild wolle sich doch ja noch öfter in diesem Garten schauen lassen; in wenigen Wochen treibe mich der Dienst des Kaisers in das heiße Afrika hinein, bis dahin solle sie mir den seligen Anblick gönnen. Sie sah mich halb lächelnd, halb weichmüthig an, und sagte Ja. Auch hat sie Wort gehalten, und ist mir fast täglich erschienen, ohne daß wir eben viel dabei mit einander gesprochen hätten. Denn ob sie bisweilen auch ganz allein war, konnte ich doch nicht viel Andres beginnen, als staunend und verzückt neben ihr hergehen. Manchmal sang sie dann wohl ein Lied, und ich auch eines. Als ich ihr nun gestern kund that, daß unsre Abfahrt so nahe sei, war es, als trete es wie Thau in ihre himmlischen Augen. Ich mochte wohl auch ganz wehmüthig aussehen, denn sie sagte wie tröstend zu mir: „o Ihr frommer, kindlicher Kriegsmann, Euch darf man vertrauen, wie man einem Engel vertraut. Nach Mitternacht, ehe die Dämmerung zu Eurer Fahrt anbricht, vergönne ich es Euch, Abschied von mir zu nehmen an eben dieser Stelle. Könnt ihr aber einen treuen, verschwiegnen Gefährten finden, der jedes Eintreten von der Gasse her verhindert, so ist es gut. Denn manch ein Kriegsmann sonst möchte wohl im wildern Muthe von einem Abschiedsschmause kommend, durch die Stadt hin ziehn." — „Nun hat mir Gott einen solchen Gefährten beschieden, und ich gehe noch um Eins so freudig zu der holden Maid."

„Möchte nur der Gang, zu welchem Ihr mich fordert, reicher sein an Gefahr," entgegnete Fabrique, „damit ich Euch thätiger bezeigen könnte, wie ich mit Blut und

Leben der Eurige bin. Aber kommt, edler Genosse; die Stunde zu meinem Abenteuer ist erschienen."

Und in ihre Mäntel gehüllt schritten die Jünglinge eilig in die Stadt hinauf, nachdem Fadrique noch vorher eine schöne Guitarre unter den Arm genommen hatte.

Zweites Kapitel.

Die Nachtviolen vor Lucilens Fenster begannen schon ihren erquickenden Duft auszuströmen, als Fabrique, gegenüber in den Winkel eines alten weitschattenden Kirchengebäudes gelehnt, sein Instrument zu stimmen begann. Heimbert hatte sich unfern von ihm hinter einen Pfeiler gestellt, die bloße Klinge unter dem Mantel, und ließ die klaren blauen Augen, zwei wachthaltenden Sternen gleich, ruhig und durchdringend umher leuchten. Fabrique sang:

    „Auf den frühlingshellen Wiesen
    Stand ein Blümlein hell im Maien,
    Weiß und röthlich, schlank und zart,
    Mir, dem Jüngling, Augenweide,
    Das ich oftmal angesungen,
    Sein gepflegt mit sitt'gem Schmeicheln. —
    Fernhin zog ich seit hinaus,
    Auf gewagte blut'ge Reise,
    Und nun ich zurückgekommen,
    Steht nicht Blümlein mehr im Frei'n,
    Hat ein Gärtner es verpflanzt,
    Hegt es in verschloss'nen Kreisen,
    Hat's verzäunt mit goldnen Gittern,

Will, ich soll das Blümlein meiden.
Und ich gönn' ihm seine Gitter,
Gönn' ihm seiner Riegel Eisen,
Doch, ringsum durch's Kühle wandelnd,
Rühr' ich meiner Zither Saiten,
Strebe nach wie vor, des Blümleins
Wundersüße Huld zu preisen,
Und der Gärtner darf mir nimmer
So bescheid'ne Lust verweigern."

„Es kommt darauf an, Señor," sagte ein Mann, dicht, und wie er meinte unvermuthet, vor Fadrique hintretend, aber dieser war durch einen Wink seines achtsamen Genossen bereits von der Annäherung des Fremden unterrichtet, und konnte diesem also mit desto größerer Kaltblütigkeit erwiedern: „wenn Ihr gewillt seid, Señor, meiner Guitarre den Prozeß zu machen, so hat sie auf solche Fälle eine stählerne Zunge bei sich, die ihr schon einigemal ganz vortreffliche Advokatendienste geleistet hat. Mit wem beliebt Euch nun eigentlich zu sprechen: mit der Zither oder mit dem Advokaten?"

Während nun der fremde Mann noch etwas verlegen schwieg, hatten sich Heimbert zwei verhüllten Gestalten genähert, welche einige Schritte davon standen, wie um seinem Genossen, falls er flüchtig zu werden gedenke, den Paß abzuschneiden. — „Ich glaube, liebe Herren," sagte Heimbert sehr freundlich, „wir treiben hier das gleiche Geschäft, indem wir zu verhindern bemüht sind, daß Niemand das Gespräch jener beiden Edelleute störe.

Wenigstens, was mich betrifft, so könnt Ihr Euch darauf verlassen, daß Jeder, welcher sich zwischen die Verhandlung mischen will, meinen Stoßdegen im Herzen hat. Seid also nur guten Muthes, ich denke, wir wollen unsere Schuldigkeit allzumalen rechtschaffen thun." — Die Verhüllten neigten sich mit höflicher Verlegenheit und schwiegen still.

Ueberhaupt waren vor der kaltblütigen Ruhe, mit welcher die zwei Soldaten die ganze Verhandlung betrieben, ihre drei Gegner in große Verwirrung gerathen, und wußten nicht recht, wie sie den Streit anfangen sollten. Da griff endlich Fadrique wieder stimmend in die Saiten und schickte sich an, ein neues Liedchen zu beginnen. Dieses Zeichen von Verachtung, gleichsam als sei von gar keiner Gefahr oder auch nur Bedenklichkeit die Rede gewesen, erbitterte endlich den Gemahl Lucilens, — denn er war es, welcher seinen Stand bei Don Fadrique genommen hatte, — dergestalt, daß er ohne weiteres seine Klinge aus der Scheide riß, mit von Wuth unterdrückter Stimme rufend: „zieht, oder ich stoße Euch unerwartet nieder!" — „Recht sehr gern, Señor," entgegnete Fadrique ruhig. „Ihr habt nicht nöthig, mir deshalb zu drohen. Ihr könnt mir das ja wohl in allem Guten sagen." — Und damit legte er seine Guitarre sorgsam in eine Mauerblende der Kirche, faßte den Degen, seinen Widersacher zierlich grüßend, in die Rechte, und das Gefecht hub an.

Anfänglich hielten sich die beiden Verhüllten, Lu=
cilens Brüder, an Heimberts Seite ganz ruhig, aber
als Fadrique begann, ihren Schwager siegreich und hef=
tig im Kreise umherzutreiben, machten sie Miene, an
dem Kampfe Theil nehmen zu wollen. Da ließ Heim=
bert seine gewaltige Klinge im Mondenschein funkeln
und sagte: „ei, liebe Herren, Ihr werdet mir doch nicht
zumuthen, daß ich eben gegen Euch ausführen soll, was
ich vorhin versicherte? Bitt' Euch sehr, wollet mich
nicht dazu zwingen, aber wenn es nicht anders ist,
halte ich ehrlich mein Wort, darauf könnt Ihr Euch
sonder allen Zweifel verlassen." — Die beiden jungen
Leute blieben hierauf regungslos stehen, überrascht so=
wohl von der Festigkeit, als von der treuherzigen Freund=
lichkeit, welche aus Heimberts Worten klang.

Derweile hatte Don Fadrique, obgleich den Gegner
drängend, dennoch sich großmüthig gehütet, ihn zu ver=
letzen, und ihm endlich mit einem gewandten Fechtergriff
das Schwert aus der Faust gewunden, so daß Lucilens
Gemahl vor dem unvermutheten Anlauf und im Schreck
der Entwaffnung einige Schritte zurücktaumelte. Aber
Fadrique warf den genommenen Degen mit einer ge=
schickten Wendung in die Luft, fing die Klinge nahe an
der Spitze wieder und sagte, dem Gegner das Gefäß
verbindlichen Anstandes entgegen haltend: „nehmt hin,
Señor, und ich hoffe, unsere Ehrensache ist nun ausge=
macht, da ich Euch unter diesen Umständen gestehen

kann, daß ich blos hier bin, um zu beweisen, daß ich mich vor keiner Degenspitze in der Welt fürchte. Zudem schlägt die Glocke so eben vom alten Dome zwölf, und ich gebe Euch mein Ehrenwort als Ritter und Soldat, daß weder Doña Lucila im geringsten mit meiner Aufwartung zufrieden ist, noch ich auch von jetzt an, und bleibe ich auch hundert Jahre in Malaga, an dieser Stätte liebeln und singen werde. Laßt immerhin Euern Reisewagen vorfahren, und somit Gott befohlen." — Dann grüßte er nochmals seinen verlegnen Besiegten mit ernster, feierlicher Höflichkeit und entfernte sich. Heimbert folgte ihm, nachdem er noch den beiden Jünglingen freundlich die Hände geschüttelt hatte, sprechend: „nein, liebe junge Herren, das muß Euch ja nimmermehr in den Sinn kommen, Euch einzumischen, wo zwei andere einen ehrlichen Zweikampf mitsammen halten. Hört Ihr wohl?"

Bald darauf hatte er seinen Gefährten eingeholt, und wandelte nun voll heißer Erwartung, in freudigem und dennoch so wehmüthigem Herzklopfen neben ihm her, daß er kein einziges Wort hervorzubringen wußte. Auch Don Fabrique Mendez hielt sich still; nur als Heimbert an der zierlichen Gartenpforte stehen blieb und heiter auf die früchtereich herabhangenden Pomeranzenzweige wies, sprechend: „wir sind zur Stelle, lieber Genoß!" nur da that der Spanier seinen Mund wie zu einer Frage auf, wandte sich aber gleich darauf ab und sagte blos: „versteht sich, daß ich Euch den Eingang hüte bis an's Morgenroth. Ihr habt mein Ehrenwort." — Damit fing er an, wie eine Schild=wacht, gezückten Schwertes, vor der Pforte auf und ab zu wandeln, und Heimbert schlüpfte selig zitternd in die würzig dunkelnden Laubgänge hinein.

Drittes Kapitel.

Er durfte nicht lange suchen nach dem holden Sternbilde, von welchem er wohl fühlte, daß es fortan den Lauf seines ganzen Lebens zu leiten erkoren sei. Die zarte Frauengestalt schritt ihm unfern von dem Eingange entgegen, leise weinend, wie es ihm der eben aufsteigende Vollmond offenbarte, und dennoch in so unendlicher Anmuth lächelnd, daß die Thränen mehr einem feierlichen Perlenschmuck als einem Schleier des Schmerzens zu vergleichen waren. Im tiefen, endlosen Wohl und Weh gingen die beiden Liebenden schweigend neben einander durch die blühenden Hecken hin; bisweilen streifte ein im Nachthauche wehender Zweig die Zither in der Dame Arm, daß ein leises Schwirren daraus hervorging, sich in das Getöne der Nachtigallen mischend, oder die zarte Rechte des Fräuleins bebte auch selbst in fliegenden Accorden über die Saiten hin. Wenn die Sterne schossen, war es, als schwängen sie sich den verflognen Zitherklängen nach. O wahrhaft selig war diese Nacht dem Jüngling und der Jungfrau zu nennen, denn kein verwegnes Wollen, kein unreines Wünschen drang auch nur leise in ihr Gemüth. Sie

gingen neben einander her, vergnügt, daß es der liebe
Gott ihnen also vergönnte, und so wenig irgend eines
andern Glückes begehrend, daß auch die Vergänglichkeit
des gegenwärtigen milde verschwimmend in den Hinter=
grund ihrer Gedanken zurücke sank.

In der Mitte des schönen Gartengeheges fand sich
ein großer freier Rasenplatz, mit schlanken, weißen Bild=
säulen geziert, einen lieblich plätschernden Springbrunnen
umfassend. An dessen Rande ließen sich die beiden Lie=
benden nieder, ihr frommes Auge bald an den mondlich
funkelnden Wasserlichtern, bald jedes an der reinen Schönheit des andern weidend und erquickend. Die Jungfrau
rührte ihre Guitarre, und Heimbert sang, von ihm fast
unverstandner Sehnsucht getrieben, ungefähr folgende
Worte dazu:

> Ich hab' ein süßes Leben,
> Weiß seinen Namen nicht.
> Ach, wollt's mir Kunde geben,
> Daß meiner Lippen Leben
> In rechten feinen, leisen
> Lied'sklängen dürfte preisen,
> Was doch mein Herz ohn' Ende spricht.

Er schwieg plötzlich, und ward sehr roth, weil er be=
fürchtete, viel zu dreist geworden zu sein. Die Dame er=
röthete auch, tändelte halb abgewendet auf den Zither=
saiten fort, und sang endlich wie träumend hinein:

> An dem Brunnen, Mondeslichter,
> Auf den Wasserlichtern wankend,

Ach, wer sitzt an Jünglings Seite
Singend auf dem weichen Rasen?
Soll die Jungfrau gar sich nennen,
Da schon ungenannt ihr wallen
Gluth der Schaam im bangen Herzen,
Gluth der Schaam auf heißen Wangen?
Erst soll man den Ritter nennen,
Der am allerschönsten Tage,
Wo Castilien jemals siegte:
Der, ein sechzehnjähriger Knabe,
Vor Pavia schon gefochten,
Lust der Spanier, Schreck der Franken.
Heimbert ist der Held geheißen,
Siegreich in viel prächt'gen Schlachten,
Und bei solchem tapfern Ritter
Sitzend auf dem weichen Rasen,
Kündend ihm des Namens Laute,
Schämt sich nicht mehr Doña Clara.

„O mein Gott," sagte Heimbert, von einem andern Rothe, als vorhin, übergossen, „o mein Gott, Doña Clara, das bei Pavia war ja nur ein lustig siegreiches Waffenspiel, und wenn mir auch nachher bisweilen ein Treffen etwas schwer aufgelegen hat, wie mochte ich denn ja so überschwängliche, recht himmlische Herrlichkeit damit verdienen, als diese hier! O so weiß ich denn nun, wie Ihr heißt, und darf Euch künftig bei Namen nennen, Ihr engelsholde Doña Clara, Ihr selig leuchtende Doña Clara! — Nun sagt mir doch aber auch, wer Euch von meinem bischen Fechten so Günstiges vorerzählt hat, so will ich ihn auf Händen tragen forthin."

„Meint denn der edle Heimbert von Waldhausen," entgegnete Clara, „die edelsten Geschlechter Spaniens hätten nicht ihre Söhne eben dahin gesendet, wo er stand in der heißen Schlacht? Ihr habt sie ja neben Euch fechten sehen, wie sollte nicht irgend ein Verwandter mir Eure Herrlichkeit verkünden?"

Indem läutete ein kleines silberhelles Glöcklein aus einem nahen Palaste hervor und Clara flüsterte: „es ist die höchste Zeit. Mit Gott, mein Held!" — Und durch hervorstürzende Thränen lächelte sie den Jüngling an, und neigte sich gegen ihn, und es war ihm fast, als fühlte er einen blumenduftigen Kuß über seine Lippen hinhauchen. Als er sich recht besann, war Clara verschwunden, die Morgenwolken begannen zu röthen, und Heimbert, einen Himmel voll stolzen Liebesglückes im Herzen, ging nach der Pforte zu seinem wartenden Freunde zurück.

Viertes Kapitel.

„Ist es gefällig?" fragte Fabrique, als Heimbert aus dem Garten trat, und hielt ihm sein gezücktes Schwert in Fechterstellung entgegen. — „Ei, Ihr irrt Euch, mein lieber Genosse," lächelte der Deutsche zurück. „Ich bin es ja, den Ihr vor Euch habt." — „Glaubt nicht, Ritter Heimbert von Waldhausen," sagte Fabrique, „daß ich Euch verkenne. Aber mein Wort ist gelöst, meine Stunden als Schildwach' hab' ich ehrlich gehalten, und nun bitt' ich Euch ohne weitere Umstände, legt Euch aus und fechtet mit mir auf Tod und Leben, so lange noch das Herzblut durch unser beider Adern rinnt." — „Daß Gott!" seufzte Heimbert, „ich habe wohl schon oftmalen davon gehört, daß es in südlichen Landen Herren geben soll, die den Leuten mit Zauberspruch und Zaubergebräuchen die Sinne verwirren. Aber erlebt hab' ich es bis auf den heutigen Tag noch nimmermehr. Faßt Euch, mein lieber, guter Kamerad, und geht mit mir an den Strand zurück." — Fabrique lachte grimm auf und sagte: „lasset doch ab von Euerm albernen Wahn, und wenn man Euch denn Alles sogar von

Wort zu Wort vorsagen muß, auf daß Ihr es verstehet, so wisset, daß die Dame, welche Euch dort im Laubgange dieses meines Gartens entgegen kam, Doña Clara Mendez, meine einzige leibliche Schwester ist. Nun frisch also, und ohne fernere Vorrede an das Werk!" — „Da sei Gott vor!" rief der deutsche Jüngling, seine Klinge nicht anrührend. „Mein Schwager sollt Ihr werden, Fadrique, nicht aber mein Mörder, und noch minder ich der Eurige." — Fadrique schüttelte blos unwillig den Kopf und rückte mit gemessenen Kampfestritten gegen seinen Genossen an. Dieser aber blieb noch immer unbeweglich stehen und sagte: „nein, Fadrique, ich kann Dir nun und nimmermehr was zu leide thun. Dann noch obenein, daß ich Deine Schwester liebe, bist Du gewißlich auch der gewesen, der ihr so Herrliches und Ehrendes von meinen Kriegszügen in Welschland erzählt hat." — „Als ich das that," entgegnete Fadrique in dumpfer Wuth, „war ich ein Thor. Du aber, liebelnder Feigling, heraus mit der Klinge, oder —"

Fadrique hatte noch nicht völlig so weit gesprochen, als Heimbert schon mit dem Ausrufe: „ei das halte der Teufel länger aus!" zornglühend das Schwert aus der Scheide riß, und nun beide junge Hauptleute voll entschlossener Heftigkeit einander auf das grimmigste anfielen.

Das ward hier viel ein anderer Zweikampf, als der,

welchen Fadrique vorhin mit Lucilens Gemahl gefochten hatte. Die zwei jungen Soldaten verstanden ihr Fechten gut, kühn vorwärts strebte Brust gegen Brust, wie Lichtstrahlen schwirrten die Klingen um einander her, nun jene, nun diese, mit blitzschnellem Stoße gradausfahrend, und mit eben so blitzschneller Gewandtheit von dem Gegner seitwärts geschleudert. Fest drängten sich die linken Füße, wie gewurzelt in den Boden ein, die rechten schritten bald zum kühnen Anfall stampfend aus, bald zogen sie sich wieder leicht in die sichere vertheidigende Stellung zurück. Aus der Besonnenheit und dem stillen unnachlaßlichen Zorne, mit welchem beide fochten, ließ sich abnehmen, daß einer von ihnen unter den überhangenden, jetzt morgenröthlich angestrahlten Zweigen dieser Orangenbäume seinen Tod umarmen werde, und so hätte es auch ohne Zweifel kommen müssen, nur daß plötzlich ein Kanonenschuß vom Hafen her durch die schweigende Dämmerung herüber klang.

Die Fechter hielten, wie auf ein gemeinschaftlich geltendes Befehlswort, inne, horchend, und vor sich hin zählend, und als Jeder dreißig ausgesprochen hatte, donnerte der zweite Schuß. — „Es ist das Signal der nahen Abfahrt, Señor," sagte Don Fadrique. „Wir sind jetzt in des Kaisers Dienst, und aller Streit fällt weg, der nicht gegen die Feinde Karl des Fünften geht." — „Versteht sich," entgegnete Heimbert. „Aber wenn es mit Tunis und dem ganzen Kriege zu Ende ist, werde ich wissen, Euch wegen des liebelnden Feiglings Genugthuung abzufordern." — „Und ich Euch wegen des Umgangs mit meiner Schwester," sagte Fabrique. „Auch das versteht sich von selbst." — Damit eilten die zwei Hauptleute an den Strand hinab, sorgten für das Einschiffen ihrer Schaaren, und die Sonne, über das Meer heraufsteigend, erblickte sie schon auf einem und demselben Fahrzeuge hoch in See.

Fünftes Kapitel.

Die Schiffenden hatten geraume Zeit lang mit widrigen Winden zu kämpfen, und als man endlich die barbarischen Küsten in's Auge bekam, dunkelte der Abend schon so tief über die Meeresfluth herein, daß kein Steuermann des kleinen Geschwaders sich es traute, an dem flachen Strande vor Anker zu gehen. Man kreuzte, den Morgen erwartend, auf den stiller gewordenen Wassern, und das Kriegsvolk, der Kampf- und Ehrliebe voll, stand ungeduldig auf den Verdecken gedrängt, seiner künftigen Thaten Schauplatz mit verlangenden Blicken überspähend.

Derweile donnerte von der Veste Goleta her das schwere Geschütz der Angreifenden und der Angegriffenen unaufhörlich, und so wie die Nacht schwärzere Wolken über die Gegend hindeckte, blitzte auch die Flamme der losgebrannten Stücke sichtbarlicher auf, wurden die Feuerbahnen der glührothen Kugeln in vielfach kreuzenden Schwingungen erkennbarer, und ihre Wirkungen in Brand und Zerschmetterung grauenvoller anzuschauen. Die Muselmänner mußten wohl einen Ausfall versuchen, denn ein lebhaftes Feuer aus kleinem Gewehr brach urplötzlich zwischen dem Kanonengebrülle durch. Das Gefecht näherte sich den christlichen Laufgräben, und man war uneins auf den Schiffen, ob die Schanzen der Belagernden in Gefahr geriethen oder nicht. Endlich sahe man, daß die Türken wieder in die Veste getrieben wurden, die Christen ihnen nachdrangen, und hörte, wie ein lautes Victoria aus dem spanischen Lager emporjubelte. Goleta war ersiegt!

Wie die Besatzung der Schiffe, aus jungen, kriegsgeübten Männern bestehend, glühte, und ihre Herzen schlugen vor dem feierlichen Schauspiele, braucht Niemandem beschrieben zu werden, der auch ein kühnes Herz im Busen trägt, und bei andern Leuten wäre jegliche Beschreibung verloren.

Heimbert und Fadrique standen neben einander. „Ich weiß nicht," sagte der Letztere vor sich hin, „mir ist, als müsse ich morgen mein Fähnlein siegend auf jene Höhe pflanzen, die dort eben im Scheine der Feuerkugeln und des Brandes in Goleta so purpurroth leuchtet." — „So ist mir eben auch zu Muthe!" sprach Heimbert. Dann aber schwiegen die beiden erzürnten Hauptleute wieder, und kehrten sich einer von dem andern ingrimmig ab.

Der ersehnte Morgen dämmerte endlich herauf, die Schiffe naheten sich dem Ufer, und das Landen der Truppen begann, während ein Offizier unmittelbar in das Lager gesendet ward, um dem mächtigen Feldobersten Alba die Meldung von der Ankunft der Verstärkung zu bringen. Eilig reiheten sich am Ufer die Schaaren, schmückten sich und ihre Waffen, und standen bald im kriegerischen Glanze da, ihres großen Heerführers gewärtig. Ein Staub erhub sich im Frühlicht, der zurückeilende Offizier meldete die Nähe des Generals, und weil in castilischer Sprache die Morgenröthe Alba heißt, jubelten die Spanier laut über solch ein Zusammentreffen, als über ein günstiges Zeichen, denn mit dem herannahenden Reitergefolg wurden auch die ersten Strahlen der Sonne sichtbar.

Die ernste, sehr hagere Gestalt des Feldherrn zeigte sich auf einem hohen andalusischen Hengste von tief schwarzer Farbe. Einmal die Linie hinauf und herunter galoppirt, hielt der mächtige Held vor der Mitte, sah mit wohlgefälligem Ernste über die Reihen hin, und sagte: „Ihr steht gut zur Musterung aufmarschirt. Das ist recht; so hab' ich es gern. Man sieht, daß Ihr allzumal trotz Eurer Jugend versuchte Soldaten seid. Und Musterung auch wollen wir erst halten. Dann werd' ich Euch zu etwas Lustigerem führen."

Damit saß er ab, schritt gegen den rechten Flügel hin, und begann ein Geschwader nach dem andern auf das allergenaueste durchzugehn, den jedesmaligen Hauptmann zur Seite, ihm genaue Rechenschaft über die geringste Kleinigkeit abnehmend. Einige verflogene Kugeln von der Festung her pfiffen bisweilen über die Köpfe der Gemusterten hin. Dann pflegte Alba stille zu stehn, und einen scharfen Blick auf die Kriegsleute zu werfen. Weil nun aber an keinem auch nur eine Augenwimper zuckte, legte sich jedesmal ein zufriedenes Lächeln über sein strenges, bleiches Gesicht.

Als er beide Glieder durchgegangen war, bestieg er wieder sein Roß, sprengte nochmals vor die Mitte, und sprach, den lang herabwallenden Bart mit der Rechten streichelnd: „Ihr seid in guter Ordnung, Soldaten, und deshalb sollt ihr Antheil haben an dem glorreichen Tage; der eben anbricht für unsre ganze christliche Armada. Wir greifen den Barbarossa an, Soldaten. Hört Ihr schon die Trommeln und Pfeifen im Lager? Seht Ihr ihn herausrücken, dem Kaiser entgegen? Jene Seite seiner Stellung ist für Euch!"

„Vivat Carolus Quintus!" jubelte es durch die Reihen.

Alba winkte die Hauptleute zu sich heran, und theilte jeglichem seine Arbeit aus. Gewöhnlich mischte er deutsche und spanische Geschwader zusammen, um den Muth der Fechter durch Wetteifer noch höher zu entflammen. So traf es sich denn auch, daß Heimbert und Fadrique eine und dieselbe Höhe zu erstürmen bekamen, welche sie im Funkeln des Morgenroths für die in der vergangenen Nacht ihnen so feurig leuchtende und verheißende alsobald erkannten.

Die Kanonen donnerten, die Trommeln wirbelten, lustig flogen die Fahnen; die Führer riefen: Marsch! die Truppen traten von allen Seiten zum Angriff an.

Sechstes Kapitel.

Dreimal hatten Fabrique und Heimbert sich fast bis zu dem Wallgange einer Verschanzung der Höhe hinan den Weg gebahnt, und dreimal waren sie wieder von der Türken wüthiger Gegenwehr hinabgestürzt mit ihren Schaaren in den Thalgrund. Die Muselmannen jubelten gellend den zurückgetriebenen Feinden nach, klirrten siegs= freudig ihre Waffen aneinander, und winkten mit lachen= dem Hohn, ob man nicht wieder hinauf wolle, Herz und Hirn den Sichelschwerten bietend, und das Gebein den herabrollenden Balken. Die beiden Hauptleute ordneten zähnknirschend aufs neue ihre Reihen, die nun schon, nach den drei vergeblichen Angriffen, sehr zusammenrücken muß= ten, um die Lücken der Gebliebenen und tödtlich Ver= wundeten zu füllen. Derweile lief ein Gemurmel durch das christliche Heer, es kämpfe eine Hexe unter den Fein= den, und helfe ihnen siegen.

Herzog Alba kam an diese Stelle geritten. Scharfen Blickes sah der Feldherr nach der Bresche hinauf. „Auch hier noch nicht den Feind durchbrochen," sagte er kopf= schüttelnd. „Das wundert mich. Von Euch zwei Jüng=

lingen und Euren Geschwadern hätt' ich's gedacht." — "Hört Ihr's? Hört Ihr's?" riefen die beiden Hauptleute, und schritten, die Worte des Helden wiederholend, durch ihre Reihen hin. Da jubelten die Kriegsmänner laut, und verlangten, gegen den Feind geführt zu werden; selbst von den tödtlich Verwundeten riefen welche mit letzter Anstrengung: „vorwärts, Kameraden!" — Alsbald war der große Alba wie ein Pfeil vom Rosse, hatte einem Erschlagenen die Partisane aus der starren Hand gewunden, und sprach, urplötzlich vor den beiden Schaaren stehend: „ich will Theil haben an Eurer Glorie. In Gottes und der heiligen Jungfrau Namen: vorwärts, Kinder!"

Und es ging freudig den Hügel hinauf, zuversichtlich schlugen aller Herzen, der Feldruf schallte siegverkündend himmelan; Victoria! Victoria! begannen schon einige zu rufen; die Muselmannen stutzten und wankten. Da trat plötzlich, gleich der Erscheinung eines zürnenden Engels, in der Türken Reihen eine Jungfrau, von goldgewirkten Purpurgewanden umwallt, und die schon Erschreckten jubelten wieder zu ihrem Allah auf, und riefen mit seinem Namen zugleich: „Zelinda! Zelinda!" — Die Jungfrau aber zog ein Kästlein unter dem Arme hervor, öffnete es, hauchte hinein, und schleuderte es gegen die Christen hinab. Wild brach ein Tosen aus dem verderblichen Gefäße los, ein ganzes feuerstäubendes und funkensprühendes Heer von Raketen, Granaten und andern zerstörenden Boten des Todes. Die überraschten

Schaaren hielten inne im Sturm. „Drauf!" rief Alba. „Drauf!" riefen die beiden Hauptleute, aber ein flammender Pfeil haftete an des Herzogs federumwalltem Hut, und begann ein Zischen und Krachen, daß der Feldherr ohnmächtig den Hügel hinabstürzte. Da flohen unaufhaltsam deutsche und spanische Fußknechte von der furchtbaren Höhe zurück. Abgeschlagen war abermals der Sturm. Die Muselmannen jubelten. Einem verderblichen Stern ähnlich, leuchtete Zelinda's Schönheit in Mitten der fliegenden Schaaren.

Als Alba die Augen aufschlug, richtete sich so eben Heimbert über ihm in die Höhe, mit verbranntem Mantel, Arm und Antlitz vom Feuer gezeichnet, das er nicht nur eben an des Feldherrn Haupte gelöscht, sondern ihm auch durch sein Darüberwerfen abgewehrt hatte, als eine zweite Flammenmasse in derselben Richtung herunter gerollt war. Der Herzog wollte dem rettenden Jüngling danken; da kamen Kriegsleute gesprengt, die ihn suchten, mit der Meldung, die sarazenische Macht beginne einen Anfall auf den entgegengesetzten Flügel des Heeres. Alba warf sich, ohne ein Wort zu verlieren, auf das erste ihm vorgeführte Pferd, und jagte dahin, wo die bedrohendste Gefahr ihn rief.

Fadrique starrte glühenden Auges nach dem Wallgange hinauf, wo die leuchtende Jungfrau einen zweigespitzten Speer, zum Wurfe bereit, mit schneeweißem Arme in die Luft schwang, und bald zu den Muselmannen

aufmunternd in arabischer Zunge, bald höhnend zu den Christen in castilischer, herunter sprach. Da rief mit Eins Don Fadrique Mendez: „o der Thörin! die denkt mich zu schrecken und stellt sich doch selbst vor mich hin, ein unwiderstehlich lockender Siegespreis!"
Und, als seien Wunderflügel aus seinen Schultern hervorgesproßt, begann er die Höhe hinanzufliegen mit solcher schnellen Gewalt, daß Alba's Sturmflug von vorhin dagegen ein zögernder Schneckentritt schien. Eh' es sich irgend Jemand versah, stand er auf dem Hügel, hatte die Jungfrau, Speer und Schild ihr entwindend in seine Arme gefaßt, und rang, sie zu den Seinen hinunter zu tragen, während Zelinda sich in ängstlicher Verzweiflung mit beiden Händen um eine Pallisade klammerte. Ihr Rufen um Hülfe blieb sonder Erfolg, denn theils wähnten die Türken durch die beinahe wunderähnliche That des Jünglings die magische Kraft der Jungfrau vertilgt, theils auch hatte der getreue Heimbert, seines Genossen Wagestück schnell beachtend, die beiden Schaaren zum erneuerten Sturmlaufe nachgeführt und stand bereits wieder droben, im hitzigen Handgemenge mit den Vertheidigern. Diesmal vermochte der Grimm der Muselmannen, durch Aberglauben und Ueberraschung gebrochen, nichts gegen das heldenmäßige Andringen der christlichen Soldaten. Die Spanier und Deutschen brachen den Feind alsbald, von achtsamen Geschwadern der Ihrigen unterstützt. Im entsetzten Ge-

heul ſtoben die Muhamedaner aus einander, die Schlacht rollte ihren Siegesſtrom immer weiter, und die Panner des heiligen deutſchen Reiches und des Königshauſes Caſtilien weheten vereint beim feierlichen Victoria auf dem glorwürdigen Schlachtfelde vor den Wällen von Tunis.

Siebentes Kapitel.

Zelinda hatte sich im Gedränge der Siegenden und Besiegten aus Fabrique's Armen gewunden und floh darauf so pfeilschnell vor ihm hin, daß sie dem Jüngling, wie sehr auch Liebe und Verlangen ihn beflügelten, dennoch in den ihr wohlbekannten Gegenden bald aus den Augen war. Um so heftiger entloderte der Zorn des gereizten Spaniers gegen den irrgläubigen Feind. Wo noch irgend Haufen zum Widerstande sich reiheten, eilte er den Schaaren voran, die sich um ihn, den allerwärts Bahn machenden, hersammelten, als um ein Siegespanier, während Heimbert ihm immer zur Seite blieb, wie ein getreues Schild, vielfach die Gefahren abwehrend, denen der sieg- und zorntrunkene Jüngling sich oft ohne alle Ueberlegung hingab. Des andern Tages vernahm man Barbarossa's Flucht aus der Stadt, und die siegenden Schaaren drangen ohne Widerstand durch die Tunischen Thore. Fabrique's und Heimberts Geschwader waren abermals beisammen.

Dichte Rauchwolken begannen sich durch die Gassen zu wirbeln; die Krieger mußten glühende, umherstäu=

bende Flocken von ihren Mänteln und den reichbefiederten Sturmhauben loszuschütteln, wo es öfters bereits zu glimmen begann. — „Daß nur nicht der Feind in Verzweiflung irgendwo Feuer an ein Gebäu voll Pulver gelegt hat!" rief der besonnene Heimbert aus, und Fadrique, durch Wort und Wink sich mit ihm einverstanden zeigend, eilte der Gegend zu, von wo der Rauch herüber quoll; muthig drangen die Schaaren nach.

Die plötzliche Wendung einer Gasse stellte sie vor einen prächtigen Palast, aus dessen schön geordneten Fenstern die Flammen hervorleckten und mit ihrem wechselnden Schein, Todesfackeln vergleichbar, den köstlichen Bau in der Stunde seines Unterganges auf das feierlichste beleuchteten, bald diese, bald jene seiner riesenhaften Massen sonnenhell überstrahlend, und sie dann wieder mit Rauch und Dampf in ein schauerliches Dunkel zurücksenkend.

Und wie eine tadellose Bildsäule, des ganzen Prachtwerkes Zier, stand Zelinda auf einem schwindlig hohen Vorsprunge, welchen die glühenden Zungen von unten her umkränzten und rief nach Glaubensgenossen aus, die ihr helfen sollten, die Weisheit vieler Jahrhunderte, in diesem Gebäude aufbewahrt, zu erretten. Der Vorsprung begann vor der Gluth, die unter ihm toste, zu schwanken, einzelne Steine fielen bereits herab, angstvoll schrie Fadrique nach der bedrohten Herrin empor, und noch kaum hatte sie die schönen Füße zurückgestellt, so brach ihr bisheriger Standpunkt krachend aus den Fugen und rasselte zermalmend auf das Pflaster herab. Zelinda verschwand im Innern des brennenden Palastes, und Fabrique stürzte dessen Marmorsteigen hinan, Heimbert, sein treulich schützender Genosse, hinter ihm her. In hohe, hallende Säle trug sie ihre Eile; zu kühnen Bogen verschlang sich das Bauwerk über ihren Häuptern, und fast labyrinthisch drehte sich ein Gemach in das andere hinein. Die Wände prangten von allen Seiten mit prächtigen Schränken, in denen man aufgehäufte Rollen von Pergament, Papyrus und Palmenblättern wahrnahm, zum Theil mit den Schriftzügen längst verschwundener Jahrhunderte beschrieben und nun an das Ziel ihres Daseins gelangt. Denn die Flammen knisterten schon verzehrend darin und streckten schlangenartig ihre rothen Häupter von einem zum andern Behältniß hinüber, entzündet durch die rohe Wuth einiger spanischen Soldaten, die hier zu plündern gehofft hatten, und nun, in dem reichen Gebäu nur beschriebene Rollen findend, ihre getäuschte Erwartung in Grimm wandelten, um so mehr, da sie unter den Schriftzügen nichts als dämonische Hexenwerke anzutreffen meinten. Fabrique flog wie im Traum durch die seltsamen, schon halb in Brand lodernden Hallen, nur immer Zelinda! rufend, und nichts beachtend und nichts erwägend, als nur die zauberische Geliebte ganz allein. Lange blieb ihm Heimbert zur Seite, bis die beiden endlich eine

Zederntreppe, in ein noch höheres Stockwerk empor füh=
rend, erreichten, wo Fabrique horchend stehen blieb und
vor sich hin sagte: „sie spricht oben! sie spricht laut!
sie bedarf meiner Hülfe!" — Und hinan sprang er die
schon in Funken glimmenden Stufen. Heimbert zögerte
einen Augenblick; er sah die Treppe bereits schwanken
und dachte, den Genossen warnend zu errufen, aber im
selben Augenblick krachte auch schon die zierlich leichte
Bahn in ausbrechenden Gluthen zusammen. Nur eben
noch sah er, wie Fabrique oben einige eherne Gitter=
stäbe erfaßte und sich an ihnen hinaufschwang; die Bahn
zum Nachfolgen war vernichtet. Schnell besonnen ver=
lor Heimbert keine Zeit mit müßigem Nachstarren und
eilte, in den benachbarten Sälen eine andere Steige zu
suchen, die ihn dem entschwundenen Freunde nachführen
könne.

Derweile war Fabrique, der lockenden Stimme nach,
bis in eine Gallerie gekommen, deren in der Mitte ein=
gestürzter Fußboden einen tiefen Flammenabgrund bildete,
während zu beiden Seiten die Säulengänge noch stan=
den. Sich gegenüber nahm der Jüngling die ersehnte
Gestalt wahr, wie sie sich mit einer Hand an einem
Pfeiler festhielt, mit der andern zurückdrohte nach spa=
nischen Soldaten, die in jedem Augenblicke bereit schie=
nen, nach ihr zu fassen, und wie schon die zarten Füß=
chen gleitend schwankten über den glühenden Trümmern
der Tiefe. Zu ihr hinüber konnte Fabrique nicht; des

trennenden Schlundes Breite machte jeden Sprung unmöglich). Zitternd, daß sein Rufen die Jungfrau in Schreck oder verzweifelndem Zorn den Abgrund hinunterstürzen möge, erhub er seine Stimme nur ganz leise, wie mit bloßen Hauchen über den flammenden Graben hinsprechend: „o Zelinda, Zelinda, ergebt Euch keinen schrecklichen Gedanken! Euer Retter ist hier." — Die Jungfrau wandte das königliche Haupt, und so wie Fadrique sie gefaßt und besonnen sah, rief er mit allem Donner seiner Kriegsstimme nach den Soldaten hinüber: „zurück, Ihr frechen Plünderer! Wer sich der Dame nur mit einem Schritte nähert, ist der Rache meines Armes verfallen!" — Sie stutzten und schienen sich abwenden zu wollen. Aber da sagte einer unter ihnen: „verschlingen wird uns der Ritter eben nicht; dazu ist der Schlund zwischen uns ein wenig zu breit. Und was das Hinabstürzen der Schönen betrifft, — es sieht beinah aus, als sei der junge Ritter ihr Galan, und wer einen Galan hat, ist wohl mit dem Hinabstürzen nicht so rasch." — Darüber lachten sie alle und schritten wieder vor; Zelinda schwankte am Rande des Abgrundes. Aber mit Löwenmuth hatte Fadrique seine Tartsche bereits vom Arme gerissen, sie in der Rechten emporwirbelnd, und nun flog sie nach den Soldaten hinüber, so sichern Wurfes, daß der frevle Rädelsführer, hart am Kopfe getroffen, in Ohnmacht auf den Boden niederstürzte. Die andern blieben wieder stehen. — „Hinweg mit Euch!" rief Fadrique gebietend, „oder mein Dolch trifft den Nächsten in eben so sicherm Schwung, und dann will ich in alle Ewigkeit verloren sein, wenn ich raste, bis ich die übrigen Räubergesichter allzumal gefunden habe und geschlachtet meinem Zorn." — Der Dolch funkelte in des Jünglings Hand, gräßlicher noch die Wuth in seinen Augen; die Soldaten flohen. Da neigte sich Zelinda freundlich gegen ihren Erretter, nahm einige Rollen von Palmenblättern auf, die zu ihren Füßen lagen und ihr vorhin entglitten sein mochten, und verlor sich dann eilig durch eine Seitenthüre der Gallerie. Vergebens suchte fortan Fadrique nach ihr in dem brennenden Palaste.

Achtes Kapitel.

Der große Alba hielt auf einem freien Platze sammt den vornehmsten Obersten mitten in der gewonnenen Stadt, und ließ durch einige Dolmetscher an mehrere gefangene Osmannen Frage auf Frage ergehen, was aus dem wunderlichen Weibsbild geworden sei, die man auf den Wällen so furchtbar begeisternd erblickt habe und für eine der schönsten Zauberinnen halten müsse, welche je die Erde getragen. Es kam aus den Antworten nicht viel Vernehmliches heraus, denn ob die Befragten zwar allzumal von der schönen Zelinda wußten, sie sei geheimen Zaubers stark und als eine verehrte Herrin vom ganzen Volke anerkannt, so wußten sie doch eben so wenig anzugeben, von wo sie bei ihren seltenen Besuchen in Tunis herübergekommen sei, als wohin sie sich auch jetzt geflüchtet haben möge. Man fing an, die für widerspenstig Gehaltenen zu bedrohen, da drängte sich ein alter Derwisch, den man bis jetzt übersehen hatte, hervor, und sagte mit finsterm Lächeln: „wer sie zu suchen Lust hat, mag sich immerhin auf den Weg machen. Ich werde ihm nichts verhehlen, was ich von dessen Richtung weiß, und ich weiß einiges. Aber vorher muß man mir versprechen, daß ich nicht zur Begleitung gezwungen werden soll. Außerdem bleiben meine Lippen verschlossen; man mag dann auch mit mir anfangen was man will."

Er sah ganz aus, wie einer, der Wort zu halten gedenkt, und Alba, ohnehin mit der seinem eignen Geiste verwandten Festigkeit des Mannes zufrieden, gab ihm die begehrte Versicherung, worauf der Derwisch seinen Bericht anhub. Er sei, hieß es, einstmalen in die fast endlose Wüste Sahara eingedrungen, vielleicht von vorwitziger Neugier getrieben, vielleicht auch aus höheren Gründen, und da habe er sich verirrt, und sei endlich, zum Tode matt, an eine von den fruchttragenden Inseln des Sandmeeres, welche man Oasen zu nennen pflegt, gelangt. Nun folgte, mit orientalischer Lebhaftigkeit hervorgesprüht, eine Beschreibung der wunderlichen Dinge, welche man dort erblickte, davor bald die Herzen der Zuhörer in süßem Verlangen schwollen, bald sich ihre Haarlocken entsetzt in die Höhe richteten, obgleich man bei der ungewohnten Aussprache des Erzählenden und der stromähnlichen Schnelligkeit seiner Worte kaum die Hälfte derselben vernahm. Es ergab sich endlich aus dem Allen, Zelinda wohne auf jenem Blütheneiland, mitten unter den pfadlosen Sandsteppen der Wüste, von schauderhafter Zaubergesellschaft umgeben, und sei auch, wie es der Derwisch unbezweifelt wisse, seit etwa einer halben

Stunde wieder auf dem Wege dorthin. Die fast höhnenden Worte, mit welchen er seine Rede beschloß, gaben zu erkennen, daß er nichts lebhafter wünsche, als daß sich einige Christen verleiten ließen, eine Fahrt zu unternehmen, die ihnen unfehlbares Verderben bringen müsse. Zugleich aber fügte er einen hochtheuern Schwur hinzu, daß sich Alles wahrhaft so verhalte, wie er es hier kund thue, fest und feierlich, wie ein Mann, der nichts Anderes beschwöre, als was er für die unzweifelhafteste Wahrheit erkennt. Staunend und nachdenklich hielt der Kreis der Obersten um ihn her.

Da trat Heimbert hervor mit bittender Verneigung, jetzt eben durch die Strenge des Dienstes aus dem brennenden Schlosse, wo er noch immer seinen Freund gesucht hatte, abgerufen, und auf diesen Platz beschieden, weil es galt, hier die Schaaren für jeden möglichen Aufstand in der eroberten Hauptstadt zu ordnen. — „Was wär' Euch lieb, junger Degen?" sagte Alba, sich gegen den freundlichen Jüngling herabneigend. „Ich kenne Euch noch wohl mit Euerm lächelnden, blühenden Antlitz. Ihr lagt jüngsthin als ein Schutzengel über mir. Weil Ihr nun gar nichts Anderes, als etwas Ehrliches und Ritterliches bitten könnt, ist Euch jede mögliche Forderung im Voraus gewährt." — „Mein großer Herzog," entgegnete Heimbert, in holder Beschämung erglühend, „wenn ich denn um etwas bitten darf und soll, so wollet mir die Erlaubniß gewähren, noch in dieser Stunde der schönen Zelinda nachjagen zu dürfen auf den Wegen, die uns jener wunderliche Derwisch angezeigt hat." — Der große Feldhauptmann neigte gewährend sein Haupt und fügte hinzu, „man könne so edles Abenteuer nicht edlerem Ritter anvertrauen."

„Das weiß ich nicht!" scholl eine trotzige Stimme aus dem Gedränge hervor. „Aber wohl weiß ich, daß mir vor allen andern Menschen das Abenteuer angehört, auch wenn es als Preis für die Eroberung von Tunis ausgetheilt wird. Denn wer war der Erste auf dem Hügel und in der Stadt?" — „Der war Don Fabrique Mendez;" sagte Heimbert, den Sprechenden bei der Hand hervorführend und ihn vor den Feldobersten hinstellend. „Wenn ich nun seinetwillen meines schon gewährten Lohnes verlustig gehen soll, muß ich mich in Geduld fassen, denn er hat ihn um das ganze Heer und um des Kaisers Waffen besser verdient, als ich."

„Es soll keiner von Euch seines Lohnes verlustig gehen," sagte der große Alba. „Jeder hat von diesem Augenblick an Vergunst, die Jungfrau zu suchen, auf welchen Pfaden es ihm am gerathensten dünkt."

Und blitzschnell flogen beide junge Hauptleute nach entgegengesetzten Seiten aus dem Kreise fort.

Neuntes Kapitel.

Ein bis an den fernsten Horizont hingedehntes Sand=
meer, jegliches bezeichnenden Gegenstandes aus der unge=
heuern Fläche ermangelnd, weiß und immer weiß, öde
und immer öde, thut sich die fürchterliche Wüste Sahara
dem Auge des Wanderers kund, der sich bis in diese
schreckensvollen Regionen verloren hat. Auch darin gleicht
sie dem Meere, daß sie Wellen wirft, und daß oftmalen
ein nebelartiger Duft über ihrer Fläche liegt. Aber es
ist nicht das linde, alle Küsten der Erde verbindende
Wogenspiel, wo jede anrollende Welle Dir Botschaft zu
bringen scheint von den allerfernsten und allerblühendsten
Inselreichen, und dann, wie mit Deiner Antwort, wieder
zurückrollt in den liebefluthenden Tanz, — es ist nur
das traurige Necken der heißen Winde mit dem treulosen
Staube, der immer wieder niederfällt in sein freudleeres
Becken, und doch nimmer zur Ruhe des sichern Bodens
gelangen kann, wo glückliche Menschen wohnen. Es ist
nicht der holde, kühlende Meeresduft, drinnen freundliche
Feien ihr anmuthiges Getändel treiben, ihn gestaltend
wie zu blühenden Gärten und prangenden Säulenpalästen

— es ist der erstickende Brodem, rebellisch zurückprallend von dem unfruchtbaren Sande gegen die glühende Sonne.

Dort waren die beiden Jünglinge zu gleicher Zeit angelangt, und starrten nun schaudernd in das pfadlose Chaos vor ihnen hinaus. Zelinda's Spur, die sich nicht so leicht verbergen oder verlieren ließ, hatte sie bis dahin gezwungen, meist immer beisammen zu bleiben, so unzufrieden Fadrique damit war, und so ingrimmige Blicke er auf den unwillkommenen Begleiter fallen ließ. Jeder hatte gehofft, Zelinda noch vor dem Sandmeere einzuholen, wohl fühlend, wie fast unmöglich es sein würde, sie wieder aufzufinden, wenn sie einmal in dessen Wirbel untergetaucht sei. Und nun war es so gekommen, und ob man gleich von den nächstwohnenden Barbaresken erforscht hatte, wenn ein Wanderer immer südwärts den Sternen nachgehe in die Wüste hinein, wolle die Sage behaupten, er komme endlich auf eine wundersam blühende Oasis, den Wohnsitz einer himmlisch schönen Zauberin, so schien doch das Alles im Angesicht der wogenden Staublawinen höchst unsicher und abschreckend.

Die Jünglinge warfen trübe Blicke dahinein, ihre Rosse schnaubten ängstlich, wie vor tückischem Triebsande, vor der entsetzlichen Ebne zurück, es war, als wandle die Reiter selbst ein Zweifeln und Zagen an. — Da sprangen sie plötzlich, wie auf ein und dasselbe Commandowort, aus den Sätteln, gürteten die Rosse los, entzügelten sie und ließen die in der Wüste ohnehin nicht zu erhaltenden los, daß sie den Rückweg suchten in eine glücklichere Heimath. Dann nahmen sie aus den Mantelsäcken etwas Getränk und Speise, luden es auf ihre Schultern, schleuderten von den beschuhten Füßen die schweren Reiterstiefeln ab, und stürzten sich, zwei muthigen Schwimmern vergleichbar, in das unendliche Spurlose hinein.

Zehntes Kapitel.

Wo einzig und allein die Sonne Leiterin war, und bei Nacht die Heerschaar der Gestirne, kamen die beiden Hauptleute einander bald aus den Augen, um so mehr, da Fadrique den ihm Verhaßten absichtlich mied. Heimbert dagegen trug nichts, als die Erreichung seines Zieles im Sinne, und schritt voll freudiger Hoffnung auf Gottes Beistand seines Weges in mittäglicher Richtung fürder.

Es war darüber mehrere Male Nacht geworden und wieder Tag, und Heimbert stand endlich eines Abends mit einbrechendem Dunkel ganz einsam in dem endlosen Sandmeere, unfähig, eines einzigen festen Gegenstandes ringsum ansichtig zu werden. Geleert war die leichte Flasche, die er mit sich trug, und der Abend brachte, statt der gehofften Kühlung, mit seinen Lüften erstickende Sandwirbel herauf, so daß der erschöpfte Wanderer noch genöthigt war, sein glühendes Antlitz fest an den glühenden Boden anzudrücken, um nur jenen tödtlichen Wolken einigermaßen zu entgehen. Bisweilen hörte er etwas bei sich vorüber traben, oder wie mit weiten Mänteln vorüber rauschen; dann richtete er sich voll ängstlicher Hast in die Höhe, aber er sahe nur, was er in diesen Tagen schon allzuoft gesehen hatte. Die wilden Thiere der Wüste, in lustiger Freiheit durch den öden Raum streifend. Bald waren es häßliche Kameele, bald langhälsige, wie ganz verhältnißlose Giraffen, bald wieder der hochbeinige, mit den Flügeln segelnde, ängstlich eilende Strauß. Sie schienen ihn allesammt zu höhnen, und er nahm sich schon vor, kein Auge mehr aufzuschlagen, und zu verschmachten, ohne daß jene so gräßlichen als ungewohnten Creaturen in der Todesstunde seinen Geist verstören dürften.

Da kam es wieder an ihn heran, wie mit Rosseshufen und mit Rossesschnauben, und plötzlich hielt es dicht an seinem Haupte, und es war, als drängen Menschenlaute an sein Ohr. Halb widerwillig, konnte er es doch nicht lassen, sich matt empor zu richten, und vor sich sahe er einen Reiter in arabischer Tracht auf schlankem arabischem Hengste. Ueberwältigt von der Freude, sich in menschlicher Nähe zu finden, rief er aus: „o Mensch in dieser gräßlichen Einöde, sei willkommen, und labe, wenn Du kannst, Deinen Mitmenschen, der sonst verschmachtet vor Durst!" — Und gleich darauf sich besinnend, daß der Ton der lieben deutschen Muttersprache in diesen freudlosen Gegenden unvernehmbar sei, wiederholte er dieselben Worte in der gemischten Mundart, die man Lingua Romana zu nennen pflegt, und wodurch gewöhnlich Heiden, Muhamedaner und Christen, in den

Welttheilen, wo sie sich am mehrsten berühren, einander verständlich werden.

Der Araber hielt noch immer still, und sah wie hohnlächelnd auf seinen seltsamen Fund herab. Endlich erwiderte er in derselben Mundart: „ich war auch in der Barbarossaschlacht, Ritter, und wenn mich damals unsre Niederlage bitter empört hat, finde ich einen nicht schlechten Ersatz darin, von den Siegern Jemanden so erbärmlich vor mir am Boden zu sehen." — „Erbärmlich?" fragte Heimbert zürnend, und indem ihm sein verletztes Ehrgefühl für einen Augenblick alle Kräfte zurückgab, fuhr er, das blanke Schwert in der Rechten, schlagfertig empor. — „Oho," lachte der Araber, „zischt die christliche Natter noch so stark? da käm' es ja nur auf mich an, meinem Lichtbraunen die Schenkel anzudrücken, und davonfliegend Dich hier in der Wüste verschmachten zu lassen, Du irre gekrochener Wurm!" „Reite zum Teufel, Du heidnischer Hund!" rief Heimbert zurück. „Eh' ich von Dir auch nur ein Brosamen erbitte, will ich hier untergehen, dafern mir der liebe Gott nicht Manna in der Wüste bescheert."

Und der Araber sprengte sein flüchtiges Roß an, ein paar hundert Schritte lang mit lautem Hohngelächter weg galoppirend. Dann hielt er, sahe sich nach Heimbert um, und rief, wieder herantrabend: „Du kommst mir doch zu gut vor, um hier in Durst und Hunger zu vergehn. Gieb Acht! Mein rühmlicher Säbel wird Dich treffen."

Heimbert, der sich abermals in Hoffnungslosigkeit über den glühenden Sand hingestreckt hatte, war bei diesen Worten schnell wieder auf den Füßen, das Schwert zur Hand, und wie schnell auch des Arabers Roß in plötzlichem Sprunge auf ihn einflog, stand der kräftige deutsche Fechter doch bereits mit ausgelegter Stoßklinge da, den Hengst von sich wegscheuchend, und den Hieb, welchen dessen Reiter nach muhamedanischer Weise mit der Sichelklinge rückwärts gegen ihn führte, fest und sicher ausparirend.

Mehreremal sprengte der Araber auf ähnliche Weise hin und her, vergeblich hoffend, seinem Widersacher den Todeshieb beizubringen. Endlich übernahm ihn die Ungeduld, er nahete sich so dreist, daß Heimbert, indem er die drohende Klinge wegschlug, Zeit gewann, den Reiter mit der linken Hand am Gürtel zu fassen, und ihn herunter zu reißen von dem rasch weiter galoppirenden Hengste. Vor der heftigen Bewegung stürzte Heimbert mit zu Boden, aber er lag über dem Bezwungenen, ihm einen Dolch, den er gewandt aus einer Scheide an der Hüfte zu reißen wußte, dicht vor die Augen haltend. — „Willst Du Erbarmen?" sprach er, „oder willst Du den Tod?" — Der Araber schlug bebend seine Blicke vor dem nahe blitzenden Mordmesser nieder, und sagte: „übe Gnade an mir, Du gewaltiger Fechter. Ich ergebe mich in deine Huld." — Da gebot ihm Heimbert, den Säbel, den er noch in der rechten Hand hielt, von sich zu wersen. Es geschah, und beide Kämpfer erhoben sich, gleich darauf wieder in den Sand niedersinkend, denn der Sieger fühlte sich noch um ein großes Theil matter als der Besiegte.

Das gute Pferd des Arabers war derweile wieder herangetrabt, nach der Sitte jener edlen Thiere, die auch den gefallenen Herrn nimmer zu verlassen pflegen. Es stand hinter den beiden Männern, und sahe mit seinem langen, schlanken Halse freundlich über sie herein.

„Araber," sagte Heimbert, mit erschöpfter Stimme, „nimm von Deinem Rosse, was Du an Speise und Trank mit Dir führst, und stelle es hier vor mich hin." — Der Bezwungene that in Demuth, was ihm geheißen war, jetzt eben so bestimmt dem Willen seines Ueberwinders ergeben, als er sich ihm vorhin in Zorn und Rachegluth zuwider gezeigt hatte. — Nach einigen Zügen Palmenweines aus dem Schlauche, sahe Heimbert mit neu belebten Augen den Jüngling neben sich an, dann genoß er noch einige Früchte, trank wieder vom Palmweine, und sagte endlich: „Du wolltest wohl noch weiter reiten in dieser Nacht, junger Mensch?"

„Ja freilich;" entgegnete trüben Auges der Araber. „Auf einer sehr fernen Oasis wohnt mein alter Vater und meine blühende Braut. Nun — und ließest Du mir auch völlige Freiheit — müßte ich doch wohl in der öden Hitze des Sandmeeres ohne Lebensmittel verschmachten, bevor ich an mein holdes Ziel gelangte."

„Ist es wohl," fragte Heimbert, „die Oasis, auf welcher das gewaltige Zaubermädchen Zelinda wohnt?"

„Behüte mich Allah davor!" schrie der Araber, seine Hände zusammenschlagend. „Zelinda's Wundereiland bietend keinen andern als Zaubermenschen ein wirthliches Ufer. Tief liegt es in den sengenden Mittag hinein; unsre freundliche Insel hingegen erhebt sich gegen die kühlende Abendseite."

„Nun, ich fragte nur, ob wir etwa Reisegesellen sein möchten," sagte Heimbert freundlich. „Wenn sich das nicht thun läßt, müssen wir allerdings theilen, denn ich werde ja doch nicht wollen, daß ein so braver Rittersmann, als Ihr, vor Durst und Hunger verkomme."

Und damit fing der junge Hauptmann an, Trank und Speise in zwei verschiedene Theile zu ordnen, zu seiner Linken das größere, zur Rechten das kleinere stellend, und hieß endlich den Araber jenes mit sich nehmen, wobei er zu dem darüber Staunenden sagte: seht, lieber Herr, ich habe entweder gar nicht mehr weit, oder ich muß doch in der Wüste verderben; das sagt mir mein Gefühl. Zudem, so kann ich auch zu Fuße bei weitem nicht so viel fortbringen, als Ihr zu Pferde."

„Herr, siegreicher Herr!" rief der erstarrte Muselmann, „soll ich denn auch mein Roß behalten?"

„Es wäre ja wohl Sünde und Schande," lächelte Heimbert zurück, „so treues Pferd von so gewandtem

Reiter zu trennen. Reitet in Gottes Namen und kommt gesund zu den Eurigen."

Damit war er ihm noch bei'm Aufsitzen behülflich, und der Araber wollte ihm eben einige dankende Worte sagen, da schrie dieser plötzlich auf: "die Zauberjungfrau!" — Und windschnell flog er über die stäubende Ebene davon. Heimbert aber, sich zur andern Seite wendend, erblickte dicht neben sich im nun hell aufgestiegenen Mond= licht eine leuchtende Gestalt, die er augenblicklich für Zelinda erkannte.

Elftes Kapitel.

Die Jungfrau sahe lange starr in des jungen Kriegsmannes Augen, und schien auf Worte zu sinnen, um ihn anzusprechen, während es ihm, gegenüber der so lange Gesuchten, und nun so unerwartet Gefundenen, nicht anders erging. Endlich sagte sie in castilischer Sprache: „Du wunderliches Räthsel, ich bin Zeuge gewesen von Allem, was zwischen Dir und dem Araber vorging, und diese Begegnisse wirren mir unvernommen, wie ein Wirbelwind, durch das Haupt. Sprich dann unverzüglich, daß ich wissen möge, ob Du ein Wahnsinniger seist, oder ein Engel."

„Ich bin keines von Beiden, liebe Dame," entgegnete Heimbert mit seiner gewohnten Freundlichkeit. „Ich bin nur ein verirrter Wandrer, der jetzt eben eines der Gebote seines lieben Herrn Jesu Christi in Ausübung gebracht."

„Setze dich," sagte Zelinda, „und erzähle mir von Deinem Herrn, der ein gar unerhörter sein muß, wenn er dergleichen Diener hat. Die Nacht ist kühl und still, und an meiner Seite hast Du von den Gefahren der Wüste überhaupt nichts zu befürchten."

„Dame," lächelte Heimbert, „ich bin eben nicht furchtsamer Natur, und wenn ich von meinem lieben Heiland spreche, weiß ich vollends von Aengstlichkeit nicht das mindeste zu sagen."

Damit ließen sich die Zwei auf den jetzt abgekühlten Sand nieder, und begannen ein wundersames Gespräch, während der Vollmond wie eine goldene Zauberlampe hoch vom tiefblauen Himmel auf sie herunter leuchtete.

Heimberts Worte, der göttlichen Liebe, Wahrheit und Einfalt voll, senkten sich wie linde Sonnenstrahlen still und beseligend in Zelinda's Geist, die unheimliche Zauberwelt, welche darinnen wogte, zurückdrängend, und einer holderen Macht die Herrschaft auf dem edlen Gebiete erringend. Als der Morgen herauf zu dämmern begann, sagte sie: „Du wolltest vorhin kein Engel sein, aber Du bist doch wahrhaftig einer. Denn was sind die Engel anders, als Boten des höchsten Gottes?" — „In dem Sinne," entgegnete Heimbert, „kann ich es mir wohl gefallen lassen, denn des lieben Gottes Bote verhoffe ich allerdings zu sein. Ja, wenn er mir fürder Kraft und Gnade schenkt, kann es mir wohl gelingen, daß auch ihr noch meine Genossin werdet in dem frommen Amte." — „Nicht unmöglich!" sagte Zelinda nachdenklich. „Du mußt aber mit mir kommen in meine Insel, und da sollst Du Dich erlaben, wie es einem solchen Gesandten ziemt, um ein Großes besser, als hier auf dem öden Sande an dem mühsam ersiegten, ärmlichen Palmenwein."

— „Verzeiht," erwiederte Heimbert, „es wird mir schwer, Damen eine Bitte unerfüllt zu lassen, aber diesmal geht es nicht anders. Seht, auf Euerm Eilande ist wohl durch Eure verbotne Kunst viel Herrliches zusammenbeschworen, und umgewandelt sind die holden Gestalten, welche der liebe Gott erschaffen hat. Das möchte mir den Sinn verwirren, wohl gar am Ende bethören. Wenn Ihr also das Beste und Reinste vernehmen wollt, was ich Euch zu sagen weiß, so kommt lieber heraus zu mir auf den öden Sand. Der Palmenwein und die Datteln des Arabers reichen wohl noch auf einige Tage für mich hin." — „Ihr thätet besser, mitzukommen," sagte Zelinda, den Kopf mit etwas höhnendem Lächeln hin und her wiegend. „Zum Einsiedler seid Ihr doch einmal weder geboren noch erzogen, und es sieht auf meiner Oasis nicht so störend aus, wie Ihr wohl denken mögt. Was ist es denn weiter, daß Sträuche, Blumen und Thiere aus verschiedenen Welttheilen dorten zusammen gekommen sind, und daß sich das Alles ein wenig seltsam verschlingt, jegliches etwas von der Natur des andern annehmend, auf ähnliche Art, wie Ihr es wohl schon in unsern arabischen Bilderwerken angedeutet saht. Eine wandelnde Blume, ein dem Zweig entblüheter Vogel, ein mit feurigen Funken leuchtender Springborn, ein singendes Reis — es sind fürwahr keine häßlichen Dinge." — „Bleibe von der Versuchung, wer nicht in ihr untergehen will," sagte

Heimbert sehr ernst. „Ich lobe mir das Sandmeer. Gefällt es Euch, wieder zu mir herauszukommen?" — Zelinda schaute etwas mißvergnügt vor sich nieder. Dann sagte sie plötzlich mit tiefer Neigung des Hauptes: „ja. Gegen Abend bin ich wieder hier." — Und sie wandte sich, alsbald in den aufwallenden Sturmwirbeln der Wüste verschwindend.

Zwölftes Kapitel.

Mit dem hereindunkelnden Abend kehrte der holde weibliche Gast zurück, und verwachte die Nacht in Gesprächen mit dem gottbegeisterten Jüngling, demüthiger, reiner und frommer scheidend am Morgen, und so ging es mehrere Tage hintereinander fort. — „Dein Palmenwein und Deine Datteln gehn Dir aus;" sagte einstmalen Zelinda, und bot dem Jüngling ein Fläschlein edlen Weines und einige köstliche Früchte dar. Er aber wehrte die Gabe sanft ab, und sagte: „edle Dame, ich nähme es wohl von Herzen gern, aber ich fürchte, es haftet irgend etwas von Euern Zauberkünsten daran. Oder könnt Ihr mir das Gegentheil betheuern, bei dem welchen Ihr jetzt zu erkennen beginnt?" — Zelinda schlug in schweigender Beschämung die Augen nieder, und nahm ihre Geschenke wieder zurück. Am nächsten Abende jedoch brachte sie ähnliche Gaben mit, und leistete zuversichtlich lächelnd die begehrte Versicherung. Da genoß Heimbert ohne Bedenken davon, und von nun an sorgte die Schülerin hausmütterlich für den Unterhalt des Lehrers in der Wüste.

Und so, wie tiefer und inniger die selige Erkenntniß der Wahrheit in Zelinda's Seele drang, daß sie oft noch im hohen Morgenroth mit hellglühenden Wangen, fliegendem Haar, Wonne leuchtenden Augen und gefalteten Händen dem Jüngling gegenüber saß, und gar nicht mehr fort konnte von seinen Reden, so wußte er es ihr beim Scheiden und Kommen oft fühlbar zu machen, wie nur Fadrique's Liebesgluth ihn, seinen Freund, ihr nachgetrieben habe in das tödtliche Sandmeer, und so für sie das theure Mittel zur Erlangung des höchsten Gutes geworden sei. Sie gedachte des schönen, furchtbaren Hauptmanns noch wohl, der den Hügel ersiegte, um sie in seine Arme zu schließen, und erzählte auch ihrem Freunde, wie derselbe Held sie nachher in den flammenden Büchersälen errettet habe. Da wußte denn Heimbert immer viel Anmuthiges von Fadrique zu sagen, von seinem adeligen Rittermuth, seinen ernsten, edlen Sitten und von seiner Liebe zu Zelinden, die sich in der Nacht nach dem Treffen vor Tunis nicht mehr in der entzündeten Brust wollte bergen lassen, und sich in Schlaf und Wachen durch tausend unbewachte Aeußerungen dem jungen Deutschen verrieth. So senkte sich mit göttlicher Wahrheit zugleich das edle Bild des liebenden Helden in Zelinda's Herz und schlug dort eben so zarte als unzerreißbare Wurzeln. Heimberts Nähe, und die fast anbetende Bewunderung, mit welcher seine Schülerin zu ihm hinaufblickte, störte jenes Gedeihen nicht, denn vom ersten Augenblick hatte

seine Erscheinung etwas Reines und Himmlisches für sie
gehabt, das die Gedanken einer irdischen Liebe fern hielt.
Wenn Heimbert allein war, lächelte er oftmals vergnüg=
lich vor sich selbst, in seiner lieben deutschen Mundart
sprechend: „es ist doch hübsch, daß ich nun dem Fabri=
que bewußter Weise den nämlichen Dienst zurück gebe,
den er mir bei seiner engelholden Schwester unbewußt
gethan." — Und dann sang er sich ein deutsches Lied=
chen von Clara's frommer Huld und Schönheit, daß es
in seltsamer Anmuth durch die Wüste hin tönte, und ihm
auch seine einsamen Stunden gar erfreulich vergingen.

Als einstmalen Zelinda in den Abendlichtern daher
gewandelt kam, voll anmuthiger Gewandtheit und Zier
einen Korb mit Lebensmitteln für Heimbert auf dem
schönen Haupte tragend, lächelte dieser sie kopfschüttelnd
an, und sagte: „unbegreiflich ist es mir, holde Jungfrau,
warum Ihr Euch noch immer die Mühe gebt, zu mir
heraus zu wandern in die Wüste. An den Zauberspie=
len mögt Ihr doch wohl nicht Gefallen mehr finden,
seit der Geist der Wahrheit und der Liebe in Euch wohnt.
Ihr könntet ja nur die Oasis umwandeln in die Gestalt,
in welche der liebe Gott sie geschaffen hat, und ich käme
mit Euch dorthin, und der Zeit zu frommen Gesprächen
würde viel mehr." — „Herr," entgegnete Zelinda, „Ihr
redet wahr. Auch ich denke seit einigen Tagen daran,
und es wäre schon Alles in's Werk gerichtet, aber ein
seltsamer Besuch hemmt meine Macht. Der Derwisch,

den Ihr in Tunis sahet, ist bei mir, und weil wir in frühern Zeiten viele Zauberstücke gegen einander ausgetauscht haben, möchte er wieder den alten Ton angeben. Er merkt meine Verwandlung, und dringt um so heftiger und gefährlicher in mich."

„Der muß vertrieben werden oder bekehrt," sagte Heimbert, indem er sein Wehrgehenke fester gürtete, und seine Tartsche vom Boden aufnahm. „Habt nur gleich die Güte, liebe Jungfrau, mich nach der Zauberinsel zu führen."

„Ihr scheutet sie ja sonst so sehr," sagte das staunende Mädchen, „und sie ist noch ganz unverwandelt in ihrer abenteuerlichen Gestalt."

„Früher wär' es Vorwitz gewesen, mich dahin zu wagen," entgegnete Heimbert. „Ihr kamt ja zu mir heraus, und das war für uns beide besser. Jetzt aber könnte Euch der Alte Schlingen legen, vor denen wieder zusammenfiele, was der Herr in Euch aufgebaut hat, und da ist es Ritterpflicht, dieses Weges zu gehn. Mit Gott nur an das Werk."

Und sie schritten eilig neben einander über die immer tiefer dunkelnde Oede, dem blühenden Eilande zu.

Dreizehntes Kapitel.

Zauberische Düfte begannen um die Schläfe der Wandernden zu spielen; im eben aufblitzenden Sternenschimmer zeigte sich aus der Weite ein vor leisen Winden auf und niederwogendes Gebüsch. Da schlug Heimbert seine Augen gegen den Boden, und sagte: „gehet mir nur voran, holde Jungfrau, und leitet meinen Pfad grade dahin, wo ich den bedrohlichen Derwisch finde. Ohne Noth will ich nichts von den berückenden Zaubergestalten in's Auge fassen."

Zelinda that nach seinem Begehr, und so hatte sich denn das Verhältniß der Beiden für einen Augenblick umgewandelt; die Jungfrau war die Wegweiserin geworden, Heimbert derjenige, der sich voll freundlichen Zutrauens auf unbetretenen Bahnen leiten ließ.

Zweige schlugen bereits wie neckend und liebkosend an seine Wangen. Wundervögel, aus dem Gebüsch erblüht, sangen frohlockend darein; über den sammtrasigen Boden hin, auf den Heimbert noch immer seine Augen gehestet hielt, strichen goldgrün leuchtende Schlangen, mit goldnen Krönlein, und Edelsteine blühten vom Moosteppich herauf. Wenn die Schlangen sie berührten, gab es einen silberhellen Klang. Der Wandrer ließ die Schlangen ziehn, die Edelsteine funkeln, ohne sich weiter um sie zu bekümmern, einzig bestrebt, den Tritten seiner Geleiterin eilig zu folgen.

„Wir sind zur Stelle;" sagte diese mit gedämpfter Stimme, und aufblickend sahe er in ein leuchtendes Grotten- und Muschelgeklüft hinein, und gewahrte drinnen eines schlafenden Mannes, von einem goldnen Schuppenharnisch auf altnumidische Weise ganz überdeckt. „Ist das auch ein Gaukelbild, der in der Fischhaut von Golderz?" fragte Heimbert lächelnd, aber Zelinda sahe sehr ernst aus, und erwiederte: „ach nein, es ist der Derwisch selbst, und daß er sich diesen mit magischem Drachenblut gehärteten Panzer übergezogen hat, beweist, wie er durch seinen Zauber unsres Vorhabens kundig geworden ist." — „Nun was thut das?" sagte Heimbert. „Einmal mußte er es ja doch erfahren." — Und zugleich begann er mit freudiger Stimme zu rufen: „wacht auf, alter Herr, wacht auf! Es ist ein Bekannter hier, der Euch nothwendig sprechen muß."

Und so wie der Derwisch die großen, rollenden Augen aufschlug, fing alles im Zauberhaine sich zu regen an, die Wasser zu tanzen, die Zweige sich im wilden

Wettkampfe mit einander zu verschlingen, und zugleich ertönte das Gestein sammt den Korallen und Muscheln in wunderlichen, verwirrenden Melodien.

„Rollt und windet Euch nur, donnert und flötet nur!" rief Heimbert, festen Blickes in das Gewirre hineinschauend. „Ihr sollt mich nun auf meinen guten Wegen nicht irre machen, und, das Getöse zu überschreien, hat mir unser Herrgott auch eine tüchtige, weithallende Soldatenstimme gegeben." — Dann wandte er sich zu dem Derwisch, und sagte: „alter Herr, es scheint, daß Ihr schon alles wisset, was sich zwischen Zelinda und mir ereignet hat. Sollte das aber doch nicht der Fall sein, so will ich Euch nur in Kurzem erzählen, wie sie schon so gut als eine Christin ist, und eines edlen Spanierritters Braut. Legt nur dem frommen Vorsatze nichts in den Weg; das wird für Euch sehr gut sein. Aber noch weit besser wird es für Euch sein, wenn Ihr selbst ein Christ werden wollt. Beredet Euch mit mir deshalb, und laßt vorher dies tolle Teufelsspektakel schweigen. Seht, lieber Herr, unsre Lehre hegt viel zu zarte und zu himmlische Dinge, als daß man immer alles so kriegesrauh und heftig aus der Brust hervorschreien könnte."

Aber der Derwisch, in glühendem Christenhaß entzündet, hatte schon die letzten Worte des Ritters nicht mehr vernommen, und drang mit gezücktem Sichelschwerte

auf ihn ein. Heimbert hielt nur blos noch seinen Stoß=
degen vor, sprechend: „nehmt Euch in Acht, Herr! ich
hörte vorhin so etwas, als sei Euer Gewaffen verhext;
doch vor dieser Klinge hält dergleichen nicht aus. Sie
ist an heiligen Orten geweiht."

Wild flog der Derwisch vor der Klinge zurück, aber
eben so wilden Sprunges hatte er auch von der andern
Seite seinen Feind gefaßt, der nur mühsam mit der
Tartsche den entsetzlichen Sichelhieb auffing. Gleich
einem goldgeschuppten Drachen schwang sich der Muha=
medaner immer um den Gegner her, mit einer Behen=
digkeit, die durch den lang hervorwallenden Greisenbart
etwas Entsetzliches und Gespensterhaftes gewann. Heim=
bert bot ihm in besonnener Fertigkeit auf allen Seiten
Stand, immer scharfen Auges nach einer Stelle spähend,
wo sich die Schuppen vor den heftigen Bewegungen
verschieben möchten. Es geschah endlich nach seiner Hoff=
nung; zwischen Arm und Brust ward auf der linken
Seite das dunkle Gewand des Derwisches sichtbar, und
blitzschnell fuhr des Deutschen sichre Stoßklinge hinein.
Da schrie der Greis laut auf: „Allah! Allah! Allah!"
und stürzte, noch in seinem Falle gräßlich, nach vorwärts,
entseelt zu Boden.

„Doch Schade um ihm!" seufzte Heimbert, sich auf
sein Schwert stützend, und zu dem Gefällten niederschau=
end. „Er hat ehrlich gefochten, und noch im Tode nach
seinem Allah gerufen, womit er wohl den lieben Gott

meinen mag. Nun, an einem ordentlichen Grabe soll's ihm nicht fehlen." — Darauf höhlte er mit dem breiten Sichelschwerte seines Feindes eine Gruft aus legte den Leichnam hinein, deckte Rasen drüber, und blieb, in stillem, herzinnigem Gebete für die Seele des Erschlagnen, an der Stätte knien.

Vierzehntes Kapitel.

Heimbert richtete sich von seinem frommen Geschäfte in die Höh', und sein erster Blick fiel auf die an seiner Seite stehende, lächelnde Zelinda, sein zweiter auf die ganz umgewandelte Gegend. Verschwunden waren Felskluft und Grotte, verschwunden die fratzenhaften, halb reizenden, halb schreckenden Gestalten von Thier und Baum; eine milde Hügelwiese senkte sich im anmuthigsten Grün von dem Gipfelpunkte, wo Heimbert stand, auf allen Seiten gegen das Sandmeer hinab, Quellen rieselten in lieblicher Frische hier und dort hervor, Dattelgesträuche neigten sich über die kleinen Wege, Alles, im eben aufgehenden Morgenroth, voll süßen, einfältigen Friedens lächelnd.

"O mein Gott," sagte Heimbert zu seiner Gefährtin, "nun fühlt Ihr es doch gewiß recht selig, wie unser lieber Vater Alles unendlich holder, und größer, und schöner erschafft, als es auch die höchste menschliche Kunst umzuwandeln versteht. Ihm nachzuhelfen in seinen freundlichen Werken, das hat der himmlische Gärtner uns, seinen geliebten Kindern, aus überschwänglicher

Milde verstattet, damit wir noch um Vieles froher und besser werden; aber hüten sollen wir uns, daß wir nichts nach frecher, willkührlicher Laune verwandeln wollen; sonst ist es, als trieben wir uns selbst zum zweiten Male aus dem Paradiese."

„Es soll nicht wieder geschehen;" sagte Zelinda, demüthig vor dem Jünglinge geneigt. „Aber dürftet Ihr nur mir Neugebornen in dieser einsamen Gegend, wo wir sobald keinen Priester unsres Glaubens erreichen können, nicht ohne Weitres die Wohlthat der heiligen Taufe gewähren?"

Heimbert entgegnete nach einigem Bedenken: „ich hoffe, ich darf es. Und wenn ich irre, wird mir Gott verzeihen. Es geschieht ja in dem Eifer, ihm eine recht himmlische Seele so frühe als möglich zuzuführen."

Damit schritten sie Beide stillbetend und selig lächelnd zu einer der anmuthigsten Quellen der Oasis hinab, und indem sie den Bord erreicht hatten, und sich zu dem heiligen Werke anschickten, ging die Sonne wie bestätigend und verherrlichend grade vor ihnen auf, so daß die zwei angestrahlten Gesichter im verklärenden Schimmer freudig und zuversichtlich einander begegneten. Heimbert hatte nicht darüber nachgedacht, mit welchem der christlichen Namen er seinen Täufling benennen wolle, aber indem er das Wasser schöpfte, und das Sandmeer so stillfeiernd und morgenröthlich um ihn her lag, mußte er des Hei=

ligen Einsiedlers Antonius in seiner Egyptischen Wüstenei gedenken, und taufte die holde Bekehrte Antonia.

Sie verbrachten den Tag in frommen Gesprächen, und Antonia zeigte ihrem Freunde eine kleine Höhlung, in welcher sie zu Anfang ihres Wohnens auf der Oasis allerhand Vorrath für ihren Unterhalt verborgen hatte. — „Denn," sagte sie, „der liebe Gott ist mein Zeuge, daß ich hierher kam, einzig um ihn und seine Schöpfung besser zu verstehn in Abgeschiedenheit, ohne damals von irgend einem zauberischen Hülfsmittel das Geringste zu wissen. Erst späterhin kam der Derwisch versuchend zu mir, und mit seinen entsetzlichen Lehren traten die Schauer der Wüste in einen furchtbaren Bund, und Alles, was mir verlockende Geister nach und nach im Traum und Wachen gezeigt."

Heimbert trug kein Bedenken, sich mit dem, was noch an Wein und getrockneten Früchten tauglich war, für die Reise zu belasten, und Antonia versicherte, sie würden auf dem graden, ihr bekannten Weg, in wenigen Tagen des wasserlosen Meeres blühenden Strand erreicht haben. So traten denn Beide mit Einbruch des kühlenden Abends ihre Wanderung an.

Funfzehntes Kapitel.

Die Reisenden mochten bereits die bahnlosen Ebenen fast durchmessen haben, da erblickten sie eines Tages von weitem eine umherwankende Menschengestalt, wie sich denn in der öden Sahara schon aus ganz verschwindender Ferne jedweder Gegenstand kund giebt, wenn ihn nicht grade die Staubwirbel mit ihrem erstickenden Spiele ver= hüllen. Der Wandrer schien irre umherzuziehn, bald die, bald jene Richtung erwählend, und Antonia wollte mit ihren morgenländischen Falkenblicken bemerken, es seie kein Araber, sondern ein Mann in ritterlicher Tracht. — „O liebe Schwester," rief Heimbert voll ängstlicher Freudigkeit aus, „so ist es der arme Fadrique, der Dich sucht. Laß uns doch um Gotteswillen eilen, eh er in der unermeßlichen Wüste uns, und wohl endlich gar sein eignes Leben, verliert." — Sie strengten auch all' ihre Kräfte an, den Entfernten zu erreichen, aber weil es noch hoch am Tage war, und die Sonne glühheiß her= unter brannte, vermochte Antonia nicht lange das schnelle Fortschreiten zu ertragen; zudem erhoben sich bald die furchtbaren Staubwirbel, und die kaum erblickte Gestalt verdämmerte vor den Augen der Suchenden, wie ein Nebelgebild im Herbste.

Beim Anbruch der mondhellen Nacht begannen sie auf's Neue, ihre Wanderung zu beflügeln, zu rufen nach dem Verirrten, weiße Tücher als leitende und lockende Flaggen an ihren Wanderstäben flattern zu lassen in das tiefe Himmelsblau empor, aber alles vergebens. Was verschwunden war, blieb verschwunden. Nur die Giraffen sprangen scheuer an ihnen vorüber, und die Strauße beschleunigten wilder den segelnden Lauf.

Da stand endlich in der Morgendämmerung Antonia still, und sagte: „verlassen kannst Du mich nicht, Bruder, in dieser Einsamkeit, und weiter gehen kann ich auch nicht um einen Schritt. Gott wird den edlen Fadrique schirmen. Wie möchte der Vater ein so holdes ritterliches Bild verlassen?" — „Die Schülerin beschämt den Lehrer;" entgegnete Heimbert, sein kummervolles Gesicht zu einem sanften Lächeln erheiternd. „Wir haben das Unsre gethan, und da dürfen wir zuversichtlich hoffen, daß Gott unsern mangelnden Kräften schon zu Hülfe kommen wird, hinzufügend, was nöthig ist." — „Zugleich breitete er seinen Mantel auf den Sand hin, damit Antonia fester und bequemer ruhen möge. Aber plötzlich fuhr er wieder in die Höhe, rufend: „Herr, mein Gott! da liegt ein Mensch, vom Sande ganz überstäubt. Wenn es nur nicht gar schon ein Todter ist!"

Und zugleich begann er, Wein aus einer Flasche auf des Hingesunknen Stirne zu träufeln, und seine Schläfe damit zu reiben.

Der schlug langsam die Augen empor, und sagte: „ich wollte, der Morgenthau hätte mich nicht wieder angesprüht, und ich wäre unbekannt und unbeklagt hier in der Wüste verdorben, wie es ja endlich doch wohl kommen muß." — Damit schloß er die Augen, wie ein Schlaftrunkner auf's Neue, aber Heimbert fuhr unermüdlich mit seinen Hülfsleistungen fort, und endlich richtete sich der Ermunterte staunend mit halbem Leibe in die Höhe.

Er blickte von Heimbert auf dessen Gefährtin, von dieser wieder nach Heimbert zurück, und rief plötzlich, die Zähne knirschend, aus: „ha, so war es gemeint! Ich sollte nicht einmal dahinsterben im dumpfen Glücke der stillen Verlassenheit! Schauen noch sollte ich vorher den Sieg meines Nebenbuhlers, und meiner Schwester Verhöhnung!" Zugleich auch war er mit gewaltiger Anstrengung auf den Füßen, und drang, die Klinge schlagfertig gezückt, gegen Heimbert an. Dieser rührte nicht Schwert, nicht Arm, und sagte blos freundlich: „so ermattet, wie Du jetzt bist, kann ich Dir unmöglich etwas zu leide thun, außerdem muß ich auch hier die Dame erst in Sicherheit bringen." — Antonia, den Zürnenden anfänglich mit großer Bewegung anstarrend, trat nun plötzlich zwischen die beiden Männer, und rief aus: „o

Fabrique, weder Elend noch Zorn kann Euch doch gänzlich entstellen. Aber was hat Euch mein edler Bruder gethan?" — „Bruder?" fragte Fabrique staunend. — „Oder Taufvater, oder Taufzeuge," entgegnete Heimbert. „Wie Du willst. Nenne sie nur nicht etwa Zelinda, denn sie heißt jetzt Antonia, ist eine Christin, und Deine Braut." — Fabrique stand wie in völliger Erstarrung, aber Heimberts treuherzige Worte und Antonia's holdes Erröthen lösten ihm das beseligende Räthsel bald. Er sank in süßer Entzückung vor dem ersehnten Bilde nieder, und mitten aus der unwirthbaren Oede blühte ein reicher Strauß der Liebe, des Dankes, und des Vertrauens himmelan.

Die Spannung des überraschenden Glückes gab endlich der leiblichen Erschöpfung nach. Antonia neigte die holden Glieder auf den nun schon heißer brennenden Grund, wie eine ermattete Blume, und schlummerte unter dem Schutze des Geliebten und des erkornen Bruders ein. — „Schlafe Du nur auch," sagte Heimbert leise zu Fabrique. „Du mußt wohl recht wild und mühsam umhergeirrt sein, denn die Erschöpfung drückt bleiern auf Deine Augenlider. Ich bin recht munter, und will derweile wachen." — „Ach, Heimbert, seufzte der edle Castilier, „meine Schwester ist Dein, Du himmlischer Bote; das versteht sich von selbst. Aber nun unsre Ehrensache." — „Natürlich," sagte Heimbert sehr ernst, „daß Du mir die schuldige Genugthuung giebst für jenes übereilte Wort, sobald wir wieder in Spanien sind. Bis dahin bitte ich mir's aber aus, daß davon die Rede nicht ist. Unbeendigte Ehrensache giebt kein gutes Gespräch."

Fabrique legte sich wehmüthig in den Sand, vom lang entbehrten Schlummer überwältigt, und Heimbert kniete freudig nieder, dem lieben Gott für so vieles schöne Gelingen dankend, und ihm das Künftige voll freudiger Zuversicht anheimstellend.

Sechszehntes Kapitel.

Am Tage darauf gelangten die drei Reisegenossen an das Ufer der Einöde, und erquickten sich fast eine Woche lang in einem nahe gelegnen Dörfchen, das, von Bäumen umschattet, von Rasen umgrünt, gegen die freudlose Sahara wie ein kleines Paradies abstach. Vorzüglich Fadrique's Zustand machte diese Rast nothwendig. Er hatte in der ganzen Zeit die Wüste nicht verlassen, mühsam seinen Unterhalt streifenden Arabern abkämpfend, und oftmals dem gänzlichen Mangel an Speise und Trank fast erliegend. Zuletzt war er sogar verirrt gewesen, daß ihn auch die Sterne nicht mehr auf den rechten Pfad zu leiten vermochten, und er sich trüb und zwecklos umhertrieb, wie die Staubwirbel des Sandmeeres um ihn her.

Wenn er jetzt bisweilen nach dem Mittagsmahle einschlummerte, und Antonia und Heimbert seinen Schlaf hüteten, wie zwei lächelnde Engel, pflegte er wohl zusammenschreckend in die Höhe zu fahren, mit entsetzten Blicken umherzustarren, und erst, als wenn er sich an den zwei befreundeten Gesichtern erlabt hätte, wieder

in die erquickende Ruhe zurückzusinken. Beim vollen
Erwachen darüber befragt erwiderte er, in seinem Um=
herirren sei ihm nichts schrecklicher gewesen, als die täu=
schenden Träume, die ihn bald in das heimathliche
Haus, bald in seiner Genossen lustiges Lager, bald wohl
gar in Zelinda's Nähe getragen hätten, um ihn alsdann
bei'm Verschwinden doppelt hülflos und elend in der
entsetzlichen Oede zurückzulassen. Daher sei ihm noch
immer jegliches Erwachen etwas furchtbares, und auch
den Schlaf treibe oftmals ein dunkles Bewußtsein ver=
gangener Schrecken zuckend von ihm aus. — „Ihr könnt
es Euch nicht so denken," setzte er hinzu. „Aus den
wohlbekannten Wänden urplötzlich in die endlose Wüste=
nei gebannt! Wohl gar statt des ersehnten, ganz nahe
vorgezauberten Antlitzes der Geliebten ein häßliches
Kameelhaupt am langen Halse neugierig über mich hin=
gebeugt, und mit noch häßlicherem Scheuen vor meinem
Aufrichten zurückprallend!"

Das, zusammt anderen Nachwehen des überstandnen
Unheils, verlor sich bald gänzlich aus Fabrique's Ge=
müth, und man trat die Reise nach Tunis heiter an.
Freilich lag das Bewußtsein seines Unrechts gegen Heim=
bert und der unvermeidlichen Folge davon oftmals wie
ein weiches Thaugewölk über des edlen Spaniers Brauen,
aber eben dadurch milderte sich die angeborne, stolze
Strenge seines Wesens, und Antonia konnte ihr lie-

bendes Herz desto inniger und zarter dem seinen anschließen.

Tunis, welches früher Zelinda's Zauberkraft und christenfeindliche Begeisterung angestaunt hatte, sahe jetzt an neugeweihter Stätte Antonia's feierliche Taufe, und bald darauf schifften sich die drei Gefährten mit günstigem Winde nach Malaga ein.

Siebenzehntes Kapitel.

An dem Bronnen, wo sie von Heimbert geschieden war, saß eines Abends Doña Clara im tiefen Sinnen. Die Zither auf ihrem Schooße tönte von einzelnen Accorden, welche ihr die schönen Hände wie träumend entlockten, und die sich endlich zu einer Melodie gestalteten, während folgende Worte von den nur halb geöffneten Lippen leise hervorrieselten:

Ferne, wo vor Tunis Wällen
Spanier und Germanen stritten
Mit den grimmen Heidenschaaren,
Sagt, wer hat aus blut'gen Lilien,
Wer aus bleichen Todesrosen
Sich gepflückt den Preis des Sieges?
Fragt den Alba, fragt den Alba,
Und er nennt alsbald zwei Ritter;
Einer war mein tapfrer Bruder,
Einer war mein Herzgeliebter!
Und ich dachte mich zu kränzen,
Zwiefach hell in Freudenlichtern,
Sieh', da fällt ein Wittwenschleier
Zwiefach mir auf Aug' und Stirne,

Denn die Ritter sind verschollen,
Niemand kann sie wieder finden.

Und die Zither schwieg, und zarte Thautropfen fielen aus den himmlischen Augen.

Heimbert, unter den nahen Orangenbäumen verborgen, fühlte begleitende Zähren über seine Wange rollen, und Fadrique, der ihn und Antonien dahingeführt hatte, konnte den Freudenkelch des Wiedersehens nicht länger ungenossen lassen, sondern trat an der Hand der beiden holden Gestalten wie mit einem Engelsgruße zu der Schwester heraus.

Die Anschauung solcher Augenblicke der höchsten überraschenden Lust, gleichsam des immer geahnten und so selten herniederthauenden Himmelssegens, malt sich am besten Jeglicher auf eigne Weise aus, und man erzeigt ihm nur einen schlechten Dienst, wenn man ihm vorerzählen will, was Eines gethan und das Andre gesprochen habe. Färbe denn auch Du, lieber Leser, Dir das Bild nach Deinem Behagen, was Du gewiß am besten kannst, wenn die zwei Paare meiner Geschichte Dir lieb geworden sind, und heimisch angeeignet. Wäre das aber nicht der Fall, wozu dann noch mehr der unnützen Worte verlieren? — Für die, welche mit Lust und Innigkeit bei dem Wiederfinden der Geschwister und der Liebenden verweilen konnten, fahre ich in erhöhter Vertraulichkeit fort.

Obgleich sich Heimbert, einen bedeutenden Blick auf Fadrique werfend, entfernen wollte, sobald Antonia in

Doña Clara's Schutz getreten war, gab es der edle Spanier dennoch nicht zu. Er hielt den Waffengenossen mit eben so zierlichen als brüderlich zutraulichen Bitten zur Abendtafel fest, bei welcher sich einige Verwandte des Hauses Mendez einstellten, in deren Gegenwart Fadrique den tapfern Heimbert von Waldhausen für Doña Clara's Bräutigam erklärte, das Verlöbniß mit den feierlichsten Worten besiegelnd, so daß es unzerreißbar bleibe, es möge auch von nun an eintreten, was da irgend dem Bunde feindlich scheinen könne. Die Zeugen waren etwas erstaunt über diese seltsamen Vorsichtsmaaßregeln, gaben jedoch auf Fadrique's Begehr ungeweigert ihr Wort, Alles dem gemäß durchzuführen, um so ungeweigerter, da der Herzog von Alba, wegen einiger Marinegeschäfte grade in Malaga anwesend, die ganze Stadt mit dem Heldenruhm der beiden jungen Hauptleute angefüllt hatte.

Wie nun eben der edelste Wein in hohen Krystallgläsern um die Tafel ging, trat Fadrique hinter Heimberts Stuhl, und flüsterte ihm zu: „wenn es Euch gefällt, Señor, — der Mond ist eben aufgegangen, und scheint tageshell, — so bin ich bereit, Euch die nothwendige Genugthuung zu geben." Heimbert nickte freundlich mit dem Kopfe, und die beiden Jünglinge verließen den Saal, von den holden Grüßen der nichts Böses ahnenden Bräute begleitet.

Während man durch des Gartens duftige Gehege hinschritt, seufzte Fadrique: „wir könnten sehr freudig

hier wandeln, wenn meine Uebereilung nicht gethan hätte!"
— „Ja wohl," sagte Heimbert, „aber es ist nun einmal so, und kann nicht anders werden, dafern wir Beide fortfahren wollen, einander als Soldaten und Edelleute zu achten." — „Versteht sich!" entgegnete Fabrique, und sie beeilten sich, nach einer fernen Stelle des Gartens zu gelangen, von wo das Geklirre der zusammentreffenden Degen nicht bis in den heitern Verlobungssaal hinüber schwirren konnte.

Achtzehntes Kapitel.

Einhegend und verschwiegen standen ringsher blühende Gebüsche, man hörte keinen Laut mehr von der freudigen Gesellschaft, keinen Laut aus den belebten Straßen der Stadt herüber, nur hoch vom Himmel her schaute der Vollmond herein, den feierlichen Rund mit klarem Schein erhellend, es war der rechte Platz. Da zogen beide Hauptleute ihre leuchtenden Klingen aus der Scheide, und traten einander schlagfertig gegenüber. Doch ehe sie noch zum Kampfe ausfielen, zog ein schöneres Gefühl Einen in des Andern Arme; sie senkten zu gleicher Zeit die Klingen, und drückten brüderlich umarmend Brust an Brust. Dann aber machten sie sich entschlossen los, und der furchtbare Zweikampf begann.

Das waren nicht Waffenbrüder, nicht Freunde, nicht Schwäger mehr, die nun ihre blitzenden Stoßklingen gegen einander richteten. Mit der entschlossensten Kühnheit, aber auch mit der besonnensten Kaltblütigkeit, fiel man den Widersacher feindlich an, und schirmte zugleich die eigene Brust. Nach einigen heißen und gefahrdrohenden Gängen mußten die Fechter ruhen, und sahen sich während dem mit vermehrter Liebe an, Jedweder froh, den theuren Genossen so rüstig und rühmlich zu erproben. Dann begann der verderbliche Wettstreit auf's neue.

Heimbert schleuderte mit der linken Hand Fabrique's Klinge, die ihm bei einem Terzstoß begegnete, seitwärts, aber die haarscharfe Schneide drang dabei durch den ledernen Handschuh, und jugendlich rasch stürzte sich das rosige Blut ihr nach. „Halt!" rief Fabrique, und sie untersuchten die Wunde, aber bald sie nur für unbedeutend erkennend, und sie mit einem Tuche verbindend, huben Beide mit unverminderten Kräften das Gefecht wieder an.

Nicht lange währte es, da fuhr Heimberts Klinge gegen Fabrique's rechte Schulter, und der Deutsche, wohl fühlend, daß sein Stoß sitze, rief nun seinerseits Halt. Erst wollte Fabrique nichts von Verletzung wissen, aber bald tröpfelte auch ihm das Blut hervor, und er sahe sich genöthigt, des Freundes sorgfältige Hülfsleistungen anzunehmen. Doch zeigte sich die Wunde gleichfalls unbedeutend, der edle Spanier fühlte noch volle Kraft zur Führung des Degens in Faust und Arm, und nochmals erhub sich der Tod drohende Ehrenstreit in ritterlicher Gluth.

Da klirrte die nicht sehr entfernte Gartenpforte, und es trabte durch das Gesträuch heran wie Rossestritt. Beide Fechter ließen von ihrem ernsten Geschäft ab, und wandten sich dem unwillkommnen Störer entgegen. Der

ward im Augenblick auf einem hohen Streithengste zwi=
schen den schlanken Pinien sichtbar, durch Tracht und
Anstand einen Krieger zu erkennen gebend, und Fabrique
nahm, als Wirth des Hauses, das Wort, sprechend:
"Señor, wie Ihr dazu kommt, so geradewegs in einen
fremden Garten hereinzureiten, wollen wir ein andermal
untersuchen. Für jetzt muß ich Euch nur bitten, uns
jedweder weiteren Störung durch Eure augenblicklichste
Entfernung zu überheben, und allenfalls mir Euren Na=
men zurückzulassen." — "Wegreiten werde ich nicht,"
entgegnete der Fremde, "aber wie ich heiße, will ich Euch
gern sagen. Ich bin der Herzog von Alba." — Und
zugleich fiel durch eine Wendung des Rosses der helle
Mondstrahl auf das lange bleiche Gesicht, aller Größe,
Würde und Furchtbarkeit Wohnsitz. Die beiden Haupt=
leute neigten sich tief, und senkten ihre Waffen.

"Ich soll Euch kennen," fuhr Alba fort, sie mit
seinen funkelnden Augen überblitzend. "Ja, wahrhaftig,
ich kenne Euch gut, Ihr beiden jungen Helden aus der
Schlacht vor Tunis. Gott sei gelobt und gepriesen, daß
zwei so wackere Kriegsleute, die ich schon fast verloren
gegeben hatte, noch am Leben sind; sagt mir nun aber,
welche Ehrensache Eure tapfern Klingen wider einan=
der gerichtet hat. Denn vor mir Eure ritterliche Ange=
legenheit zu offenbaren, werdet Ihr hoffentlich kein Be=
denken tragen.

Es geschah nach des großen Herzogs Willen. Jeder von den edlen Jünglingen erzählte den Hergang, vom Abend vor der Einschiffung an, bis auf den gegenwärtigen Augenblick, während Alba im schweigenden Nachdenken, fast regungslos, wie eine Ritterbildsäule, in ihrer Mitte hielt.

Neunzehntes Kapitel.

Die Hauptleute hatten ihren Bericht schon lange geendet, und der Herzog schwieg noch immer, im tiefen Nachdenken, unbeweglich still. Endlich erhub er seine Stimme, und redete folgendergestalt:

„So soll mir Gott helfen und sein heiliges Wort, als ich nach meinem besten Wissen und Gewissen Eure Ehrensache für rein ausgefochten halte, Ihr jungen Ritter. Zweimal habt Ihr wegen jenes empörenden Wortes, von Don Fabrique Mendez Lippen geflogen, wider einander in Waffen gestanden, und wenn freilich die unbedeutenden Wunden, die Ihr bis jetzt empfangen habt, nicht ausreichen, jenen entsetzlichen Ausdruck zu vergüten, so tritt doch Euer gemeinschaftliches Fechten vor Tunis, und die Rettung, welche Herr Heimbert von Waldhausen dem Don Fabrique Mendez in der Wüste angedeihen ließ, nachdem er ihm seine Braut erkämpft hatte, dermaßen ein, daß Ritter Waldhausen ermächtigt ist, einem Gegner, dem er sich so herzlich erzeigte, jedwede Beleidigung zu verzeihen. Die alten Rö=

mischen Historien erzählen uns von zwei Hauptleuten des großen Julius Cäsar, welche einen Ehrenstreit beilegten, und eine herzinnige Brüderschaft mit einander knüpften durch kühnes geselliges Fechten, und einander aushalfen in Mitten eines gallischen Heeres. Ich aber behaupte, Ihr Zweie habt mehr für einander gethan, und somit erkläre ich Eure Ehrensache für abgemacht und zu Ende. Steckt die Degen ein, und umarmt Euch in meiner Gegenwart."

Gehorsam dem Gebote ihres Feldhauptmanns steckten die jungen Ritter ihr Gewehr für jetzt ein, aber ängstlich besorgt für jeden möglichen Schatten, der auf ihre Ehre fallen könne, zögerten sie mit der aussöhnenden Umarmung noch.

Da blickte sie der große Alba etwas unwillig an, und sagte: „vermeint Ihr denn, Ihr jungen Herren, ich könne das Leben zweier Kriegshelden auf Kosten ihrer Ehre erhalten wollen? Da hätte ich sie ja erst ganz unwiederbringlich todtgeschlagen, und zwar, alle Beide zugleich. Ich sehe aber wohl, daß man mit solchen Starrköpfen zu andern Maaßregeln greifen muß."

Und alsbald war er vom Pferde, hatte es schnell an einen Baum gebunden, und trat nun, das gezückte Siegerschwert in der Rechten, zwischen die beiden Hauptleute, ausrufend: „wer irgend etwas dawider zu sagen hat, daß die Ehrensache Herrn Heimberts von Waldhausen mit Don Fadrique Mendez ehrlich und rühmlich ausge=

fochten ift, hat es mit dem Herzog von Alba zu fchaffen auf Leben und Tod, und follten die gegenwärtigen Ritter felbst etwas einzuwenden haben, so mögen sie sich melden; ich stehe als Verfechter meiner Ueberzeugung hier."

Da neigten sich die Jünglinge ergeben vor dem großen Ehrenrichter, und sanken einander in die Arme. Der Herzog aber umfaßte sie beide mit einer liebevollen Innigkeit, die um so erquickender, ja bezaubernder leuchtete, je seltener sie aus diesem strengen Gemüthe hervorbrach. Dann führte er die Versöhnten zu ihren Bräuten zurück, und als diese, nach dem ersten freudigen Erstaunen über die Gegenwart des geehrten Feldherrn, vor den Blutstropfen auf den Kleidern der Jünglinge zurückbebten, sagte der Herzog lächelnd: „o Ihr künftigen Soldatenfrauen, Ihr müßt nicht erschrecken vor solchen Juwelen der Ehre. Eure Geliebten könnten Euch kein schöneres Geschenk zur Hochzeit bringen."

Der große Alba ließ es sich nicht nehmen, beider glücklichen Paare Brautvater zu sein, und ihnen noch am nächsten Tage das Fest ihrer Verbindung auszurichten. Alle lebten von da an in ungestörter, freudiger Eintracht, und wenn auch den Ritter Heimbert das deutsche Vaterland bald nachher zusammt der holden Gemahlin in seinen Schooß zurückrief, blieb man doch einander durch Briefe und Grüße nahe, und noch späthin rühmten sich die Nachkommen des Herrn von Waldhausen ihrer Verwandtschaft mit dem edlen Geschlechte von Mendez, während dieses die Sage von dem tapfern und großmüthigen Heimbert immerdar feiernd bei sich erhielt.

———

Die beiden Hauptleute.